이
팝

강원도는 태백산맥을 경계로 영동지방과 영서지방으로 나뉘어져 있으며 이 두 지역의 방언은 서로 다르다. 서울, 경기도와 인접하여 사투리가 크게 두드러지지 않는 영서지방과 달리 태백산맥에 막혀 수도권과 교류가 적었던 영동지방은 독특한 사투리를 사용하는데 그것이 우리가 익히 알고 있는 강원도 사투리이다. 같은 영동지방이라도 지역마다 사투리가 조금씩 다르며 그 중에서도 강릉시와 그 인접 지역에서 사용하는 강릉말은 가장 뚜렷한 개성이 나타나며 지역의 특징을 잘 반영하고 있다. 여우를 번역한 표현 가운데 <"나는 영ㅇ깽이야" 여ㅇ우가 말했다>는 강릉방언에서 비모음 현상을 표현하기 위하여 음절 사이에 'ㅇ'을 넣어 표기했다. 영서지방에 속하는 평창군과 정선군 역시 강릉말과 상당히 유사한 사투리를 사용하고 있다.

# 언나 왕자

내거 이래 생캐보니 이느마거 지 벨에서 떠나올 찍에 틀림없이 새떼드르 써먹었으 같태.

앙투안 드 생텍쥐페리 지음

# 언나 왕자

저자으 그림두 너가주구

가원도 강능 말로 바꼬치기 함
조은혜

도서출판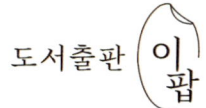

언나 왕자가 시상에 빛을 보게끔 너도나도 할 꺼 읎이 도와주신 분들요. 내 진짜 이 고마운 구르 어떠 다 말하겠소. 진심으로 고맙소야.

**발행일** 2024년 12월 1일 1판 2쇄
**지은이** 앙투안 드 생텍쥐페리
**옮긴이** 조은혜
**펴낸이** 최현애
**발행처** 도서출판 이팝
**이메일** ipapbooks@gmail.com

ISBN 979-11-971822-7-3

### 레옹 베르트한태

내거 이 책으 으런덜한태 바치느그는 언나덜이 쫌 이해르 해 줘씸 좋켔아.

　그기 다 이유가 있아 그래잔가. 내거 말하는 이 양번은 시상 둘두 없는 내 진짜베기 칭구라 이기야. 그래고 이유는 또 있아. 이 으런은 누거 머이라 지거려도 머커 알아먹고, 언나덜이 보는 책까정두 휙 보민 먼 소리하는지 쌕 소리나게 알아먹는다니.

　시째 이유는 요 이 으런이 저 푸랑쓰서 살구있는데 머이 아주 배르 곯코 전상 추위에 벌벌 떨매, 거서 고상으 하구 말구야. 고 맴이르 쫌 헤워줘야 대잖겠나. 요 연유르 모둥 듣구두 머이 상그도 부족허다 하믄 내거 이그르 언나 쓸 찍에 고 으런한태 배칠꺼니. 이보오야, 아 으런들도 마커 언나 시절으 다 객었잖소. 안 그루우. 개서 내거 이그르 이래 곤칠꺼니요.

　　　　　　　　　쪼매난 언나쓸 쩍에
　　　　　　　　　레옹 베르트한태

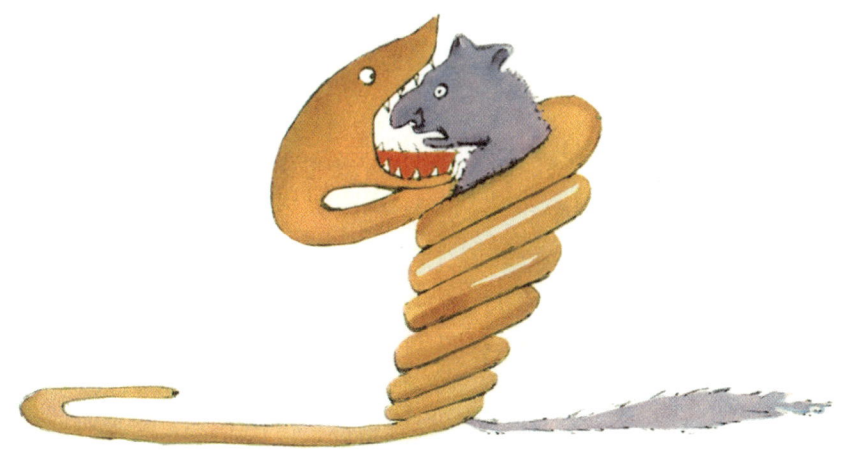

# 1장

내거 여숫 살 먹었으 찍엔가 <정글 실화>라는 책에 먼 그림으 본기 아주 머수있었아. 그기 보아 구랭이거 먼 야생 짐성으 꿀떡 생키는데 내거 요 알루 왼게 그래봤아.

 그 책에 써있는기 "요런 보아 구랭이는 머이 씹지도 않고 통심이로 꿀떡 생킨다. 개고 나서는 다 똥이 대서 나올 때까정 눈도 싱큼 안 하고 여숫 달 동안 내딱 잠만 잔다." 이래.

 고 정글이라는 데서 당춰 먼 일이 일어나는고 하고 내거 구구 생각을 해 봤잖가. 그래고는 고 끝에 요 생연필이로 요래 츰으로 그림으 그래봤아. 이기 내 일 번 그림이야.

 그래놓고 나니 머이 자랑으 하구 수와 베길 수 있나. 개서 으런덜한태 싹 베키므 내거 물었지. 무숩잖나고.

야, 그랬드니 으런덜이 모재 사진이 머이가 무숩나고 하잖 가. 이러이.

이근 모재 그림이 아니라고. 이그는 보아 구랭이거 이따만한 코찌리르 생킨 거라니. 개서 내거 보아구랭이 창지 쏙까정 내딱 그래노니 그재서야 그 으런들이 아, 하잖가. 이러이 지기. 야야라, 으런들은 항시 구구절절이 하나부텀 열까정 싹다 말을 해 조야 알아먹는다니. 개서 새로 그린 기 이기 내 그림 이 번이잖가.

으런덜이 나르 보고 한다는 말이, 보아구랭이 창지 쏙 디더 베키는기나 안 디더베키기나 그따우 그림은 다 쪼 치우고 지왕이문 지리고 역사고 수학이고 문법 같은 학교 공부나 배와! 이래. 벨 수있소, 내 여슷 살 먹었으 찍에 그 머수있는 화가라는 꿈은 다 쪼 치워 빼랬지 머. 내거 그린 일 번랑 이 번 그림으 내딱 실패르 맛보고나니 전상 약코거 팍 죽어 삐랬잖가. 야, 머이 으런덜이라고는 지절로 아는 기라고는 개 코댕가리도 읎지요, 그릿타고 머이 그 째깐한 언나거 때마둥 하나하나 알코주기도 여간 에루운 기 아니라니.

개서 내 영 따른 직업으 골라바야겠다 생케서 그 비항기 모는 걸 배웠잖가. 근데 또 그르구 보니 으런덜이 맞는 소리 했드라고, 지리가 머이 언칸히 도움이 되긴 됐아. 머이 내거 요래 슬쩍 갯눈질로 봐도 여가 쭝국이고 저가 아리조나구나 하고 대뜨번에 알아보겠드라니. 가제나 해거 다 까진 밤으루 비항기 몰찍에는 머이 어엽게 도움 대드라니.

그래고 나서 물라 문에, 내 이적지까정 살아 오민서 머이 아주 벨 희안한 종재드으 다 만내봤아. 내거 으런덜하고 가차이 살아 오민서 주-욱 지캐봤잖가. 그룹타고 머이 그 으런덜이 우떻다 하는 내 생각이 머이 대우 달라진 근 읎아.

　　근데 내 딴에 딴사람보덤 아주 눈꼽 맨치이라도 똑똑해빈다 하믄, 내거 가꾸 댕기던 그 그림 일 번으 요래 베케 시험해 봤지. 요 사람이 이그르 아나 모리나 하고 함 볼라고. 근데 알라 달나. 마커 대답하는 기 라고는 "이기 모재네." 이래잔. 지기. 그래믄 난도 보아 구랭이고 머이 정글이고 벨이고 하는 그깐 너므꺼는 입에 담지도 안해. 그래고는 머이 골프 얘기나 정치 얘기나 머 그딴 거나 조 떠들어 댔지 머. 그래고 나문 사람덜이 나르 보고 전상 똑똑한 아 하나 만냈다고 덜렁 들지 머.

## 2장

내거 이래 톡 깨놓고 말 할 언늠도 하나 읎이 혼처 살었는데, 야야라 여서 해 전에 갑작시리 비항기 사고르 내딱 만냈잖가. 딱 보니 내 비항기 모다가 나갔나 보드라구. 가제나 기술자도 읎지 승객도 읎지 이 에루운구르 내 혼처서 다 곤처야 하니 전 지랄이 났지 머. 햐, 이기야말로 죽기 아니문 까무러치기야. 물이라고는 제우 일주일 치만 있었다니. 첫째 날 지냑은 먼 모래꾸뎅이 우에서 잤는데, 사람 흔적이라고는 눈으 쎄고 봐도 읎드라고. 머이 갱포 앞바다에서 쥬부타고 놀더 거 삼척으루 떠내래 가는 그 보덤 훨씬 쓸쓸허구 애롭더라니. 근데 들어 봐바 기절하겠나 안 하겠나, 기튼 날 해가 어슴프래 뜰 찍인데 머이 언나가 재조발거리는 소리가 들리는 같드기 진짜로 먼 언나가 나르 인나라고 깨우는데, 야 씨껍하잖나. 그래고는 그 머스마거 한다는 말이.

"내인데 양 그림 하나만 그래 줘요."

"머이라고?!"

"양 하나만 그래줘요…"

햐, 내거 기절정풍으 하고 빨딱 이래샜지. 내 눈으 막 이래 비비고는 사방으 똑띠기 살패봤아. 그랬드니 머이 코딱지마한 머스마가 나르 요래고 보잖트나. 이기 가 초상화야. 내거 이적지 까정 그린 거 중에 질로 언칸한게 그린 기 이기야.

개도 내 그림보덤이야 가 실물이 훨씬 낫겠지만서두. 이기 머 내 잘못이드나? 여슷 살 찍에 그 양번덜이 대구 잔소리질 으 해 대니 내거 약코거 팍 죽어설라무네 보아구랭이 속 디더베키는 기랑 안 디더베키는 그백애 더 그래봤나.

아이 그래서 내거 놀란 토깽이 눈으 하고 그느마르 요래 봤잖가. 시상두 여가 사람덜 사는 마실서 수 천 키로 먼데 같은데. 이느마는 머이 질 잃은 아 치신머리도 아니고, 맥사가리 읊어 비지도 않고, 머이 물 멕케 하지도 겁먹은 거 같이도 않은 기. 먼 언나가 사막서 질 잃은 아가 아니드라니. 정신머리르 딱 잡고 내거 가한태 딱 물었지.

"근데… 닌 여서 머하나?"

야, 근데 야가 엉뚱 같은 소리르 하는 기야.

"양 한 마리만 그래주… 야…"

언나가 그래 청으 하는데 곧 죽어도 못 해준다 소리르 머 할 수 있겠가. 머이, 사막 한 복판에서 운제 쎄가 빠질찌도 모리는 판국에 이기 먼 짓거리가 수우 민서도, 호주머이서 펜하고 조 쪼가리르 꺼냈잖가. 근데 가마 생케보니 내거 학교 댕길 찍에 지리고, 역사고, 수학이고, 머이 문법이나 팠지 그림 으 그랜가.

이기 가 초상화야. 내거 이적지까정 그린 거 중에 질로 언칸한게 그린 기 이기야.

개서 언나인대 (부에가 슬쩍 나설라무네 아이! 난 그림으 그릴 줄 모린다 했지. 갰드니 가거 이래 대꾸허대.
 "아, 상관읎어요. 양 딱 한 마리만 그래 줌 대요."
 내거 머리털나고 양이라고는 그래본 역사가 읎어, 개서 내거 맨날 그리는 그 두 개 그림 중에서 하나기르 딱 그래줬아. 쏙이 안 디더베키는 그림으 딱 그래줬는데, 그느마가 한다는 말에 내 또 한 번 기절 정풍으 했다니.

 "안대, 안대! 코찌리 생킨 보아구랭이는 싫아요! 보아구랭이는 무숩잖아요, 그래고 코찌리는 너머 커요. 우리 집은 좀 베잡아놔서. 나는 양 딱 한 마리만 있음 댄다니요, 양 한 마리만 그래줌 안대요?"
 게서 에라이 모리겠다 하미 내 하나기르 더 그래줬아.
 가가 고걸 요래고 디다보드니 한다는 말이.
 "아니! 야는 뱅이 들어 곧 죽게생겠네. 딴 그."
 개서 내거 또 그래줬드니
 이느마가 실 쪼개미 점잖은척 하메 설명하는 기
 "여 바바요... 이근 내거 얘기한 양이 아이라 숫양이잖아요, 여 뿔도 나 있고..."
 니미 개서 새로 또 하나 그래줬아.
 근데 이 코딱찌만 한 기 아께처럼 또 빠꾸르 딱 놓네
 "이근 나이르 쫌 마이 먹은 같튼데, 내랑 오래두루 살 수 있는 양으루 좀 그래주 잖쿠는."

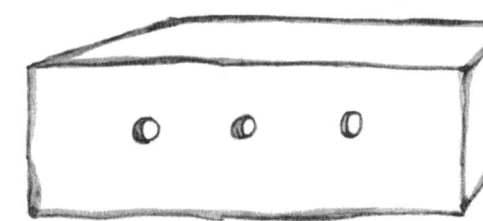

모다 살구느라 저왕이 하낙두 엄는데, 이느마는 거저 자꾸 새로 그려내라 하지요, 내거 뿔따구가 내딱 나선, 에라이 하고 대충 선으 씩 그래 주미 내 이랬지.
　"거 상재 하나 있재, 고 안에 니가 갖구 수운 양이 드르 앉아 있아."
　근데 그래 까탈시룹게 지적질하던 아가 히떡 하미 아, 낯빛이 훤해지는 기.
　"그래 바로 이기야! 아저씨요, 양 멕일라믄 풀이 엄청시리 마니 있어야지 대지요?"
　"그근 왜서?"
　"왜냐하무는 우리 집이 마니 쪼마해서 그래요…"
　"개안아, 충분할 끼야. 내거 그려 준 양은 더 쪼만해."
　가가 요래 숙예서 그림으 디다 보더니 한다 말이
　"머이, 그래 짝지도 않구만… 어미야라! 야 자잖나…"
　내거 이래 언나 왕자르 만냈아.

## 3장

야가 어데서 왔는지 아는데까정 시간이 솔찮게 걸랬아. 언나 왕자거 내인태는 머이 따발총같이 질문으 쏴대민서 내거 머이 물음 들은 신청두 안하드라니. 가거 시얀한 말으 맽개 한그르 가마이 생케보니 가르 쪼매 알겠드라고. 이럴티문, 가가 내 비항기(내거 여다 비항기르 그릴거라고는 생각하지도 마러요. 그리기 음청시리 복잡해)르 보드니 이래 물아.

"이 물견으 머이래요?"

"이기 그양 물견은 아이고, 날라댕기는 비항기야. 내 비항기."

내거 하늘으 날아댕길 수 있는 그르 알코주고 나니 머이 어깨거 으쓱한 기 좋다하구 있는데 가거 갑작시리 히떡 하미 이래드라구.

"와! 아저씨요, 하늘서 떨어졌다고요?"

"거럼," 내거 쓱 벨 거 아인 그처럼 하미 대답했는데 야가 한다는 말이,

"와! 대우 우끼네!"

언나 왕자거 내딱 웃어재끼믄서 내 신경으 딱 건들대. 난 이 그르 좀 진지하게 봐 줬씸 했는데. 야가 또 이래.

"그래민 아저씨도 하늘서 왔다야! 어데 벨에서 왔어요?"

그말 듣자마자 이 머스마거 어대서 완지 내한태 딱 걸렸다 싶어서 쓱 낭청으 떨매 물었지.

"그르믄 닌 따른 벨에서 왔나?"

아 근데 이느마가 대꾸르 안해. 그래고는 내 비항기르 요래고 둘러보미 고개짓만 끄덕끄덕 하민 또 이래.

"그리기...저거로는 그래 먼데서 못 왔을기야?"

그래고도 한참으 먼 생각인지 하두만 호주미서 내거 그래준 그림 쪼가리르 요래 꺼내는데. 아주 그기 가인태느 보물이나 한가지드라니.

<따른 별> 얘기 하다말고 삼천포로 내 빠지니 내 움메나 감질났갠가. 개서 내 또 알아볼라고 자꾸 물았아.

"이보개, 우리 왕재님은 어서 왔재? 니 집이 어대나? 내거 그래 준 양으 어데 델구 갈라나?" 먼 아가 입으 꾹 닫고는 생각만 하드니 이래.

"딱 됐아! 아저씨거 준 이 상재거 지냑에는 야 울타리가 대문 딱이다야."

소행성 B 612 우에 언나 왕자

"하머! 그래고 니 말만 잘 들음 내거 낮에 꼭 차맬 밧줄도 이래 그래주고 그 머이나 쇠꼽 말뚝도 내 그래주께."

근데 언나 왕자거 내거 말한 제안으 고만에 질겁으 하잖가.

"머이라고요? 차매둔다고요? 벨 희안 노글노글한 말으 다 듣겠다야!"

"야! 안 차매두민 사방팔방 다 돌아댕개서 잃어뻬릴 수도 있아..."

근데 이 머스마거 그 말으 듣더말고 배꼽르 잡고 웃는 기야.

"야가 가길 어대르 가요?"

"어데든. 신질루 내 뺄 수두 있지 머..."

그랬드니 언나 왕자거 상당이 태연하게 말하대

"문제읎어요, 우리 집에 있는 그는 마카 다 자그마 해요!" 그래고는 쫌 우울한 같이 이래 말한단 말이야, "지거 신질루 내 튀봐야 머이 움메 가지두 모하구 곰방 지자린 기요 머..."

## 4장

이래가주고 내거 두 번째로 중한 사실으 알았다니. 언나 왕자네 벨이 집 한 채나 될까 말까해. 아무턴 코딱지마 해!

머이 이런 근 벨로 놀랍지도 안해. 지구, 목성, 화성, 금성 이래 이름있는 행성들 말고는 머이 망원경으루 잘 베키지도 않은 벨덜이 게락인 기 머. 거 천문학자거 벨 하나이르 발견하므는 이름 대신으루 번호르 딱 붙이잖나. 예시르 딱 들어보믄 머이 <소행성 3251> 이래.

내거 언나 왕자거 <소행성 B 612>서 왔다구 하는 그르 믿는 이유는 이기야. 터키 천문학자거 1909년에 망원경으루 질 첨으루 이그르 딱 보고는 국제 천문학회서 지거 발견한 그르 기똥차게 발표르 했단 말이야.

그래니 머하나. 이 양번이 입성이 안 좋다고 햐, 한 늠두 이 양번 말으 안 믿어 줬잖나. 으런덜이 마커 이딴 식이라니.

소행성 B 612한태 운 좋게도, 터키서 머이 독재자 같은 늠이 지 국민덜인태 마카 양장으 하라고 하고는 지 말으 안따르민 다 쏴 잡아 족친다고 명령으 했잖가. 그래고는 이 천문학자거 1920년에 딴 늠들르 약코거 팍 죽게, 기가 맥키게 빼 입구는딱 발표장에 갔아. 오번에느 머이 만장일치로 니 말이 다 맞다는데 머.

내 이래 구구절절이 소행성 B 612에 대해 지거리고 번호까정 밝히는데는 다 으런덜 때문이라니. 으런덜은 왜 숫자 좋아 하잖트나. 봐봐, 새로 칭구거 생개서 으런덜인태 얘기하문 으런덜이 중한거느 한번이나 물어보드나? "가 음성은 우떻나?" "가는 주로 머이르 하민 놀드나?" "가도 나비 채집으 하드나?" 절대루 이런 거 안 물아본다니. 맨 "가는 맽 살이나? 그느마는 형제거 맽이드나? 가 체중이 울메나 나가드나? 가 아부지는 얼매나 번다드나?"

 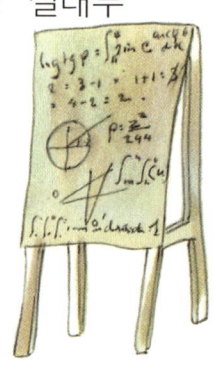

이따구나 묻고는 으런덜은 그 아덜으 다 안다고 생칸다니. 만역에 여러분덜이 "내거 지나가다 아주 이쁘다한 쌔뻘건 벽돌집으 하나 봤는데, 창에는 머이 제라늄도 패 있고, 지붕 우로 비둘기거 요래…" 라고 지거래도 으런덜은 절대루 그 집으 상상모 한다니. 대신에 이래 말해야 대. "내거 10억짜리 집으 봤잖나." 그람 알아먹고는 "햐, 그 집 멋수있겠다야." 한다니.

개서 만역에 여러분덜이 "그느마는 참 멋진아였고, 하하 웃었고, 양으 갖고 수워 했다는 기 언나 왕자거 진짜루 있었다눈 증거래요. 누가 양으 갖고 싶어하문, 그람 그기 가가 실찌루 존재했었다눈 증거라니요." 라고 으런덜한태 말 하잖아 그 양번덜은 어깨르 으쓱 하미 아마도 니르 얼라 취급 할 끼야. 안봐도 번하지 머. 근데 "가는 소행성 B 612서 왔아요." 라고 하문 으런덜은 퍼뜩 알아먹고는, 머 더 묻지도 않구 구찮게도 안해. 으런덜은 만날 하는 기 그렇지뭐. 하늘이 두 쪽이 나드래도 안 변해. 아덜이 으런덜으 쫌 너그룹게 이해르 해야지 머. 그재?

당연지사 우덜처럼 삶으 아는 사람덜인태는 숫자는 머이 우숩지 머. 개서 내거 이 얘기르 이래 바꿔치기해서 쓰고 수와.

"호랭이 담배피던 시절에, 언나 왕자거 지보덤 쪼끔 더 클까 말까한 벨에서 살았는데, 가는 칭구거 필요 했아…" 삶으 좀 안다 하는 사램이라민, 이기 더 진실루 안 들기겠나, 그재?

아문 사람덜이 내 책으 기양 가붑게 생카는 기 시라서 함 해본 소리야. 내거 그 추억으 쭉 써볼라 하눈데, 머이 쫌 슬펴질라 하구 그르네. 한 여서 해 됐지 아마. 우리 꼬맹이 칭구거 양으 들고 떠난 기. 내거 그느마르 모십으 자꾸 그리는 이유도 다 가르 잊아뻐리지 않을라구 그래는거지 머. 칭구르 잊아뻐림 슬푸잖나. 누구한태나 다 칭구거 있는 거 아니겠나. 그래고 난도 운제 그느메 숫자나 신경쓰는 으런덜 같이 될 지도 모리고. 개서

요런 연유로 내 가서, 물감도 요래 사고, 연필두 맽 자루 샀잖나. 다시 그림으 그린다는 그는 여간해 쉽잖애. 여스살 쩍에 쏙 베키는 보아구랭이랑 쏙 안 베키는 보아구랭이뺄에 더 그래봤나. 당연지사 내 젖 먹든 힘까정 다해서 가 모십을 질로 가찹게 그릴라구 노력은 마이 했지. 어떤근 얼추 성공이다 숩다가도 고 담에는 영 파이고. 가 키르 우떠 잡아야 하는지 긋도 잘 모리겠고. 우떤 그림은 있잖나, 키거 먼 언나 왕자거 아니라 다 큰 으런 왕자였다니. 또 새로 그리니 오번엔 지기 너무 짝아서 햇아 왕자거 됐잖나. 그래고 가 입은 옷 색까리도 가물가물 하잖트나. 개서 요래했다 조래했다 다 해보구, 우떨 찍에는 머이 괜찮은 같고, 또 우떨 찍에는 싹 갖다 내 삐리기두 하구. 그래고 우떤 때는 진짜로 중한 부분을 실수할 수두 있아. 그롷트래도 자네덜이 슬쩍 눈 깜아주 야. 내 칭구거 내인태 설명으 일절 안 해주고 갔으니까네. 가는 아마 내도 지랑 똑 같다고 생각 한 같태. 근데 지기... 나는 상재 쏙 양으 볼 줄 몰러. 낸도 인재 아주 찌끔 으런이 된 갑네. 에효, 늙었지 머 인재.

## 5장

내거 맨날 가 벨에 대한 그든지, 가가 우떠 그 벨으 떠나게 됐는지, 가 여행이 우떠 했는지, 아 콩알 맨큼씩 알게 됐아. 이그는 머이 우떠하다 보니 우연히 알게 됐아. 한 사흘째 되는 날인가, 야랑 바오밥낭그 얘기하다가 또 하나를 알게됐잖나.

　오번에도 양 덕분으루 알았다니. 언나 왕자거 머이 음청나게 의문이 가득한 음성으로 내인대 물아.

"양들이 덤불 입사구 같은 그르 뜯어먹는 기 맞지요?"
"거럼, 맞지."
"와! 다행이다 야!"

양 덤불 입사구 뜯어 먹는 기 왜서 중한지 아지 모 했는데, 언나 왕자거 그래는 기.

"그믄 양이 바오밥 입사구두 먹겠네요?"

내거 언나 왕자인태 똑띠기 알코줬아. 바오밥낭그는 덤불이 아이고, 교회 예배당만큼 크다마한 낭그라고. 그래고 만역에 코찌리르 한 부대르 끌고 와도 바오밥낭그 하날 다 못 뜯어 먹어치운다고.

코찌리 한 부대라는 말으 듣떠말고 언나 왕자거 실 웃드니만.

"한 부대 싣고 올라믄 코찌리 우에 또 코찌리르 치 쌓아 올래 와야겠네." 그래고는 아가 똑 뿌러지는 말로 또 하대.

"그래 큰 바오밥 낭그도 크기 전에는 다 쪼만 하잖아요."

"야가 천재네! 근데 니는 왜서 양이 그 짝은 바오밥 낭그르 뜯어먹게 할라 하나?"

야는 머이 이른 굿도 모르냐는 듯이 말하는 기 "햐, 아저씨 답답한 소리 한다야!" 그래고 나는 이 문제 답으 찾을라고 골으 싸 메고 생각으했아.

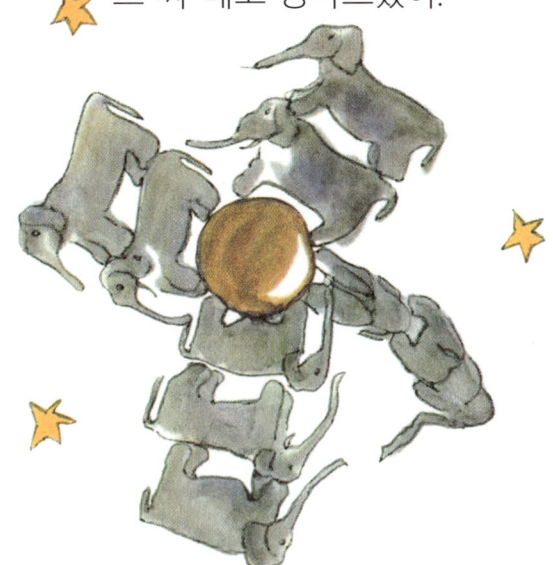

실지로는 이런 그였아. 언나 왕자 벨에는 따른 벨이나 한가지로 조흔 풀떼기하고 매핸 풀떼거 있아. 쉽게 말하잠, 조흔 풀떼기는 조흔 씨앗, 매핸 풀떼기는 매핸 씨앗이라이 말이야. 근데 이 씨앗덜이 눈에는 안 베케. 야덜이 땅 쏙

에 요래 숨어설라무네 잠으 자고 있다가, 고 중에 부지런 놈 하나거 인재 인나 볼까하잖나. 그르믄 고 씨앗이 기지개를 요래 피메, 해를 딱 보민서 꿈직거리다가 고 싹이 흙으 살살 간질구다가 톡 튀나오잖나. 무ㅇ나 장미낭그 싹이 튀 나옴 지절로 살게 천에꾼저 내삐래도. 근데 이 매핸 식물 싹이잖나, 금 보자말자 쑥 뽑아 치워이대. 그래고 언나 왕자네 벨에 숭악한 씨앗이 하나 있다 말이야… 그기 바로 바오밥낭그 씨앗이었아. 땅 쏙에 바오밥낭그 씨거 달부 어엽게 드글거렸다잖나. 그래고 바오밥낭그는 우떠하다 쫌만 늦었다 하잖아, 평생 한 골치덩거리가 댄다잖나. 나무가 온 벨 천지르 다 칭칭 휘감고, 가 뿌리덜이 땅에 구머으르 숭숭 뚫고 전상 매련읎게 댄다잖가.

가 벨은 코딱찌만한데 바오밥낭그거 게락이 대바라 벨이 싹 아작이 나뻐리지.

언나 왕자거 이래 말 하드라고. "이그는 훈련의 문제라니요. 아침절에 일어나서 옷으 썩 차래 입잖아요, 고래고 나민 벨으 둘러볼 차례래요. 바오밥낭그거 어릴 찍에는 장미랑 비스무리 해도, 이기 장미가 아니라 바오밥낭그끼다 하고 구벨이 딱 가믄 번개같이 뽑아 뻬리야대요. 구찮은 같타도 벨로 어렵지 안해요." 그리고는 한 날은 나르 바오밥 그림을 쫌 공으 드래서 그리라 하잖트나, 그래야 얼라덜이 머리쏙에 씨게 박힌다고. "운젠간 얼라덜이 여행으르 하게 대민 분맹히도움이 대지요 머, 때때로는 해야할 일으 계속 하다가 힘들 때가 생기잖아요, 근데 만역에 그기 바오밥낭그 일이잖아요 미루면 아주 전 지랄 난리가 나요. 내거 게으름뱅이가 사는 벨으 하나 아는데요, 고 양번이 길러빠재서 짝은 덤불 서이르 고만에 신경으 못 썼드니..."

게서 내거 언나 왕자거 자서하게 설명한대로 고 게으름뱅이의 벨으 그랬아. 내거 윤리 선생 같이 하는 그는 벨로 좋아 안하면서도, 바오밥 낭그거 위엄하다는그르 아는 사람이 많찮고, 한 날은 질으 잃고 소행성에라도 까딱 잘못 들라갔다가는 상다히 위험하잖나. 개서 내거 딱 한 번의 예외르 두는 기야. "야드라 아이! 바오밥낭그는 조심해이대!" 내거 이래 요 그림에 공으 들인 이유는 내 칭구덜이 내처럼 개뿔도 모르고 지나갔든 진짜배기 위험에 대해서 조심하라고 알쿨라고 그러잖나. 여서 또 중한 교훈으 얻었잖나. 자네덜이 아마 이래 물을지도 모르지, 왜서 이 책에 있는 따른 그림덜은 요 바오밥낭그 그림츠럼 머수있지 않냐고. 대답은 상다히 간단해. 난도 노랙으 했지. 내거 쎄빠지게 그랬는데도 이그보덤은 더 못 그리겠드라니. 이 바오밥낭그르 그릴찍에는 머이라 설명할 수 없는 대우 엄층난 힘이 나르 지대루 도왔다니.

바오밥낭그

## 6장

야야, 언나 왕자야 아이! 언나 왕자 니가 전상 애롭게 산다는그르 조금씩 조금씩 알게 됐아. 오래두루 애로움으 달래준 기 단지 해 저물어 가는 그르 쳐다보는거라 했재. 이 새로운 사실으 내 넷째날 아침 절에 알았잖나. 니거 그랬재

"난요, 해넘이가 참 조하요. 동무해서 보러 갈래요?"

"근데 쫌 지둘러야 되지 않나..."

"머이르 지둘리는데요?"

"해가 넘어가는 때르 지둘래이지."

츰에는 니가 뻐쩍 놀라드니 나르 빼니 보드니 곰방 깔깔거리고 우스민서

"와, 내 천치 아이나? 내거 상그도 내 벨에 있는가하고 헷갈랬다야!"

그룽지. 미국이 한낮이라믄 푸랑쑤는 해거 다 까지고 읎지 머. 일몰이 보고 숩다 하민 단 일 분만에 푸랑쑤로 휘 날아가문 대겠지만서도. 지기 푸랑쑤는 여서 말두 모 하게 멀잖나. 개도 쪼마난 니 벨에서는 으자만 살살 끌구 왼게 앉기만 하믄 고만이잖나. 그래가주구 니거 노을으 보고수울 때 마동 봤겠잖나...
"한 날은 내거요 마흔너이나 해넘이르 봤다니요!"
그래고 니 그랬재.
"아저씨두 알지요? 엄청시리 슬풀 찍에는 노을이 그래 보고수와요..."
"마흔너이나 해넘이르 보든 날에, 니 머이가 마이 슬펐나?"
언나 왕자는 아무 대답도 읎었아.

# 7장

다슷째 날에두 또 양 때미네 언나 왕자거 우떠 살았는지 고 비밀으 알았아. 구구하던 궁금증에 열매르 딱 맺듯이 갑작시리 야가 직빵으루 질문으 막 해대는 기야.
"양이 덤불도 뜯어 먹구 꽃도 뜯어먹지요?"
"양은 베키는거 다 뜯어먹지."
"꽃에 까시가 있어도 먹어요?"
"하머, 까시 있는 꽃두 먹구 말구지."
"햐 그런너므께 까시는 머하러 있나?"
츰엔 야거 먼 소리 하는지르 몰랐지. 가제나 내 모다에 빡씨게 쪼예있는 나사 푸느라 거에 다다멜래서 온 정신이 빠져있었

아. 머이 잘 곤쳐지지도 않구, 마실 물두 간당간당하니 근심이 대 죽겠지요, 머이 상황이 점점 심각해지는 그 같은 기 걱정이 대 죽겠드라고.

"그니까 까시는 머 할라고 있나고요?"

언나 왕자는 질문으 한번 하문 절대로 포기하는 법이 읎아. 나사때미네 부에가 나서 죽겠는데더거 내딱 아문말이나 나오는대루 막 던저빼랬지 머.

"까시가 머이 좋을 기 있나? 꽃덜이 갬브러 누구 찔라 괴롭필라 그르는 기지!"

"어머야라!"

한동안 말이 읎더니 야가 데루 소래기르 내딱 지르민 막 게 들잖트나.

"그깃뿔! 꽃덜은 여래요! 순진하고. 즈덜이 할 수 있는 맹큼 지킬라고 하는 거라니요. 꽃은 까시거 있어서 즈덜이 엄청 무수운줄 알구 있든데..."

내거 머라 대꾸르 모 했아. 그럴 찍에 내거 헤딴 생각 하고 있었그든 "햐, 이 지랄두, 이너므 나사 계속 안 빠지믄 망치루 깨 뿌숴야지" 언나 왕자거 또 내 정신 휘두르미 하는 말이.

"아저씨는 그래 생카는구나... 꽃슬..."
"아이야! 아이라고! 난 암 생각두 읎었아. 난 기양 데구말구 나오는대루 막 떠든거라니! 내거 지금 더 중한 거르 하는 중이라 그랬아!"

야가 질색팔색으 하미 나르 무숩게 째리대.

"지금 더 중한 거라 했어요!"

손꼬락에는 씨꺼먼 지름으 칠갑으 하고는 또 딴 손에는 망치도 들고 있재, 그 언나 눈에는 내거 음청 숭악하게 보였으턴데, 가가 내 옆에 서서는 나르 버니 보대.

28

"아저씨도 따른 으런덜 말하는 거랑 똑같네 머!"
 햐, 그 말에 내거 귀빵맹이르 한 대 읃어 맞은 같은 기 벌게지대. 근데 또 야가 인정머리 읎이 한마디 더 보테는 기야.
 "아저씨는 다 아지도 못 하민서, 머이 엉망징창이네!"
 아가 부애거 나니 머이 달부 어엽드라고. 뇌란 머리깽이르 막 휘 날리믄서.
 "내거 아는 벨에 얼굴이가 뻘건 사람이 하나 사는데. 꽃 향기라고는 한번 맏아 본 적도 엄고, 벨도 올래다 본 적도 엄고, 누구르 사랑해 본 적도 엄고, 할 주 아는 거라고는 덧셈뺄애 없는데 쥔종일 아저씨 같은 말만 하드만요. "나는 중한 일 하는 사램이다! 나는 중한 일 하는 사램이다!" 이래 재드라고요. 근데 그기 사램이 아니였다니요! 그기 버섯이래요!"
 "머이라고?"
 "버섯이라구요!"
 언나 왕자는 당최 부애가 나서 인재는 얼굴이 백지장같이 허였게 질렸드라니.
 "꽃덜은요, 까시르 수백만 년 전부텀 맨들어 왔고, 양덜은 수백만 년 전부터 그 꽃덜으 먹어 왔아요. 근데 왜서 꽃덜이 그 아무짝에도 소용도 없는 그 까시덜으 그래 고생을 하매 맨들어 대는지 알아볼라고 하는 기 그기 하나도 안 중하다고요? 양하고 꽃덜이 전쟁으 벌이는데도 한나또 안 중하단 말이지요? 그 퉁퉁하고 얼굴 뻘건 으런이 하는 덧셈보덤 더 중하고 진지한 일이 아니라고요?

내거 벨으 떠나고 어대르 가도 눈으 씻고 봐 두 못 보는, 시상에 딱 한 송ㅇ이 뿌니 없는 꽃으 생캐 봐요. 그 쪼마난 양 한 마리거 어떤 날 아침 절에 소리 소문도 읎이 꿀떡 해 치울지도 모리는 그 꽃으 내거 사랑한다고 생캐 보래니요. 그래도 이기 중한 일이 아니라고 할 수 있어요? 야?"

그래고는 다시 얼굴이 벌개지미 말 하대.

"수백만 그래고도 수백만이 넘는 벨덜이 까뜩 있지만서도 어대도 없는 그 한 송ㅇ이 꽃으 그 어느 누군가가 사랑하게 되잖아요, 그 양번은 그 벨으 치다보는 것만으로도 아마 행복할 기래요. '내 꽃이 조 우에 어딘가에 있겠지...' 이래 혼저 중얼중얼하겠지요. 그데 양이 그 꽃으 뜯어 먹어 삐리면 우떠 대겠소? 가인태는 갑작시리 모든 벨이 싹 다 꺼져버린거나 똑가테요 머 알아요? 이래도 안 중하다고요?!"

가는 더 말으 모하고는 갑자시리 엉엉 울드라고. 사방이 어둑어둑 해지더라고. 내 들고 있던 연장으 다 내 꼰져싸. 머이 망치고, 나사고, 물 맥킨거고, 여서 죽는거고 마커 신경 쓰기 싫트라고. 벨, 내 행성, 바로 요 지구 우에, 위로가 필요한 언나 왕자거 있잖나. 내거 가르 요래 포근히 끄난꼬, 가마이 흔들미. 가르 달래미 내 이래 말했아. "그 꽃은 인재 안 위험해... 양 입에 씨울 망으 하나기 그래주꺼니... 니 꽃한태 갑옷 하나도 그래줄꺼니... 내거..." 에효, 가인대 또 머라 말으 해야 할 지 생각이 나야말이지. 난 내거 머이 진생이 같트라니... 말주밴머리가 읎어놔서... 햐 에롭드라고. 눈물의 나라, 신비한 기 끝두 읎싸.

# 8장

난 곰새 가 꽃에 대해서 자서히 알게 됐잖가. 이 언나 왕자 벨에 아주 수더분한 꽃덜이 있었드라고. 홀 이파리 한 장 해 입고는 머이 벨로 자리도 차지 안하고, 구찮게 하지도 않고. 아침 절에 풀 숲서 속 피고는 또 지냑이믄 운제 있었냐는 듯이 속 사라지구 그랬다더라구. 그래더거 한 날은 아주 새로운 꽃이 등장한 기야. 어대서 온 줄으 모르는 씨앗이 여로 날라와설라문에 싹이 톡 튀 나오니, 딴그덜이랑 아주 다리게 생긴 싹으 언나 왕자거 유심히 살패봤아. 이기 또 새로운 바오밥낭그 종재거 아인가하고는. 근데 이기 쫌 자라다 말드니 꽃망우리가 요래 앉잖나. 언나 왕자거 그 크다한 꽃망우리르 지캐보민서 먼가 기적 같튼일이 생길 거 같았아. 근데 이 꽃이 퍼런 즈 방서 먼늠에 꽃단장으 상그도 하는지 필 기미도 안 보이는 기야. 야가고 안에서 옷 새까리르 고심을 하고는 골르고 있잖트나. 아주이 파리르 이지가지 대 보미 세월아 내월아 하미 옷으 채례입고 있었다니. 지는 게양게비처럼 아무케나 채리고는 안 나간다   하드라니. 거럼! 가가 울메나 멋쟁ㅇ이 꽃인데! 그느메 신비루운 준비는 아주 맽칠이나 걸렸다니. 드디어 한 날에는 막 해가뜨는데 고때 야가 딱 핀기야. 그래고는 그래 한참으 신경써서 준비해 싸트니마는 하품으 찍 하민서

  "아코야! 내거 인제 막 인나서... 쫌 이해해 주 야...아이고 머리고 치신이 꺼주해서..."
  언나 왕자는 너무 감격해설라무네.
  "햐, 진짜로 이뿌네요!"
  "내거요?" 꽃이 나직허니 대답했아.
  "나는요, 조 햇님 나올 찍에 같이 태어났잖아요."

언나왕자는 야가 벨로 겸손하지 않은 걸 대뜨번에 알아봤다니. 근데 우터하나 야가 이뻐도 너무 이빠!

"지끔 아침 시간인 가튼데... 이래 보니 친절하신 분 같아 뵈는데 머이, 나르 아침을 쫌 챙겨줄 수 있을라나...?"

그 말으 들은 언나 왕자거 치 뛰가서 물조리개에다 쌔 물으 받아가주구 다시 번개같이 와서는 꽃 시중으르 들어줬아.

꽃은 이래 되구말구 언나 왕자르 괴롭혔다니. 한 날은 어땠나믄, 지가 까시 너이르 자랑질으 하대민서 언나 왕자인태 아주 꼴깝으 떨었다대.

"마커 댐비라 그래, 발톱있는 호랭이덜!"

"내 벨에는 호랭이는 읎는데요. 그래고 어쨌든간에 호랭이는 풀떼기는 먹지두 안해요." 언나 왕자거 빼르 딱 때랬지.

"난 풀떼가 아이거든요!" 꽃이 나직하게 말으 하니.

"아, 미안해요..." 언나 왕자거 말했아.

"그래고 나는요 호랭이 따위는 한 개도 안 무수와요, 대신에 내거 바람이 딱 싫아. 머이 바람 막을만 한 기 머이 없어요?"

'바람이 싫타고? 식물이 바람으 싫어하믄 우터하나... 이 꽃은

상당히 까탈시롭다야.' 이래고 언나 왕자는 생캤아.

"온 지냑에는 내인태 유리 덮개르 좀 씨워주 야. 여는 전상 말도 모 하게 춥네. 전에 내 사던데는 움메나…"

야가 꿍시렁 거리미 씬나게 지거리더가 말아.

지거 여 올 찍에는 꽃씨로 왔는데 딴 시상으 먼 수로 아나. 번이 보이는 그짓뿔 할라 하다가 딱 걷뜰래고나니 지도 밍구스루웠는지 언나 왕자한태 폭 뒤집어 씨울라고 지침으르 내 딱 해 대드라고.

"바람막이는…?"

"내거 맹금 찾아보러 갈라 했는데 대구 말으 씨게가지고 내거 고만에 못 갔지!"

근데 이 꽃이 언나 왕자를 들어 보라고 역부러 지침으 막 해 대는기야.

그래고나니 언나 왕자는 꽃을 언칸이 좋지만서도 자꾸 야르 안 좋게 생카게 된다 이기야. 꽃이 벨 생각 읎이 한 소리르 갖구두 언나 왕자는 꽁 해 들으니 머이 불화가 생기지 않고 베기나.

"꽃이 하는 말으 곧이 곧대로 듣지 말그르," 언나 왕자거 한 날은 그르대, "꽃이 하는 말은 콩으루 메주루 쑨대고 들음 안 댄다니. 거저 꽃 향내나 맡고 그래이지. 가거 내 벨 온 사방에 향내나게 해 줬는데, 내 그거르 고마운 줄도 모리고. 가거 까시가주고 꼴깝치는 바람에

갠이 정내미가 똑 떨여져셜라무네 기양, 가거 나랑 쫌 떠들어볼 라고 한 거였는데..."

그리드니 가가 이날은 아주 톡 까놓고 얘기르 하대.

"난 꿈에도 몰랐잖아요. 가거 머라고 떠들던 간에 천에꾼재 냅 두고, 가 행실으 보고 판단으 했어야 했는데. 개도 가거 내 인생에 움메나 향내르 주고 어엽게 내 마음으르 밝케줬는데. 가르 혼처 내빼래두고 내 빼는 기 아니었는데! 매랜읎이 그짓뿔으 느래놓더래도 그 뒤애 있는 연삭함으 봤어야 했는데. 꽃덜은 아주 양악시루와요. 근데 가르 어떠 사랑해야 하는지 알기엔 내거 너무 어랬지요 머..."

## 9장

내거 이래 생캐보니 이느마거 지 벨에서 떠나올 찍에 틀림읎이 새떼드르 써먹었으 같태. 떠나던 날 식전에 야는 지 벨으 아주 말끔하게 설었아. 지 활화산두 말끔하게 비로 씰어놨아. 가 벨에는 활화산이 두 개거 있는데 아침 해먹으 찍에 아주 고만이었아. 그래고는 사화산도 하나 있는기 가가 항시 떠들어대미 하는 소리거 "내거 우터 될찌 몰러!" 이래. 개서 언나 왕자는 가도 잘 씰어 줬아. 야덜으 잘 딱아주잖가 그럼 야도 터지지 않고 아주 똑 떨어지게 딱 타고 말아. 화산이 터지는그는 굴뚝에 불난 거랑 매한가지라니. 당연지사 우리가 사는 지구에 있는 화산으 씰어내기에는 우덜이 짝다마다하지. 게니까는 노상 여서 이 지랄이 잖가. 언나 왕자는 조금씩 서운한 감이 들민서 맽 개 안 남은 바오밥낭그르 뽑아 치왔아. 야는 안주 안 돌아올 거라고는 생카지는 않았대. 그른데도 그날 아침 절에는 만날 하던 일들인데도 마커 그래 애정시룹게 느껴졌다 하대.

지 활화산두 말끔하게 비로 쓸어놨아.

그래고나서는 그 꽃한태 마지막으루 물르 주민서 유리 덮개르 씨워 줄라고하는데 아 눈물이 폭 쏟아질라 했다잖나.

"잘 있아," 언나 왕자거 꽃한태 말했아.

근데 야가 대답이 읎아.

"잘 있으라구," 새로 또 말했아.

갑작시리 이 꽃이 야단시리 지침으르 막 해. 근데 강기 걸린 근 아이고.

"내거 싱거워빠지지요 뭐," 그제서야 꽃이 말하는 기 "내거 미안해요. 가그덩 행복하시우야."

야는 꽃이 지르 족치지도 않고 말하니 거서 깜짝 놀랬지. 유리 덮개르 이래 해 들고 우두커니 눈만 껌뻑껌뻑하고 세 있었다잖가. 언나 왕자는 야가 왜이리 갑작시리 이래 연삭해졌는지 때래 죽여도 모리겠드래.

"이 보우야, 지가요 맘에 두고 있었아요," 그리미 꽃이 또 이래. "근데, 그그르 눈치 몬 채시드라고요. 그긋도 마커 내 탓이지요 머. 근데요 그기 머이 그리 중요하지는 안해요 머, 글구보문, 그짝도 내랑 한가지로 참 싱구워빠찌네요. 거 가거들랑 행복하시우야... 그래고 그 유리 덮개는 쪼 치워요. 인재는 필요도 읎어요."

"게도 니 바람으르 싫어하잖나..."

"내 강기는 뭐 그리 심하지는 안해요... 그리구보니 바람이 선선허니 좋네요 머. 좌우지간에 내거 꽃이잖아요."

"게도 짐성덜이 달게들까삐래..."

"머이 나비 볼라믄 그까너므 벌거지 맽 마리 얼씬거리는 그는 참어야지요 머. 울메나 이쁘다하겠나. 그래고 인재 그짝은 다신 나르 보러 일루 안 올거지요? 어디 먼데로 가시잖아요. 그래고 짐성같은 긋도 내 한 개도 무숩지도 안해요. 내거 까시가 있는기요 머."

그리미 슬쩍 지 까시 너이르 보여주드래. 그리더니 또 이래.
"머이 간다드니 이래 꾸물떡거리고 있나. 간다민서요. 일찌 거니 나새요."
눈물이 폭 쏟아 질라 하니 그그 안 베킬라고 후두루 쪼까냈지 머. 그 꽃이 움메나 자존심이 쎈 안데...

## 10장

야 벨 이웃제 소행성 325, 326, 327, 328, 329, 330이 있었아. 야가 거서 머 할 일이 쫌 읎나 보기도 하고 머이 쫌 배워오기도 해 볼라고 거기에 하나씩 함 가 볼라고 마음으 먹었아.

질 츰에 간데는 왕이 살구 있었다대. 그 왕이 보라색으루 엄 층나게 크다한 망또르 해 걸치고 단출하믄서도 머수있는 왕좌에 앉아있었대.

"어머야라! 백성이 왔잖나!" 언나 왕자르 보드니 왕이 아주 반갑게 맞아줬아. 그래고는 언나 왕자거 왕헌태 물었아

"맹금 만냈는데 어떠 나르 알아요?"

왕인태는 시상이 엄청시리 단순한 걸 가는 아지 모 했아. 왕한태는 아구 으런이고간에 읎이 모둥 지 백성인기 머.

"자네르 좀 자서히 보게 일루 가차이 와보거라, 아이." 드디어 누구인태 왕 노릇을 하니 신이 나서 왕이 말했아.

언나 왕자는 어데 앉을만한 데거 있나 하고는 슥 둘러봤는데, 그 벨 땅빠닥에 엉청나게 크다마한 망또로 마커 덮애 있었다잖나. 개서 계속 거서 뻘쭘허니 서 있기는 너무 돼서 하품으 쩍 했아.

"자네 누거 왕 맨잰에서 하품으 그래 찍 하라 그르든가? 앞으루 그그 하지마라!" 왕이 말했아.

"지절로 나오는데요. 먼 질으 떠나오다 보이 잠이 나빠서..." 언나 왕자가 곤란시루워히미 이래 말했아.

"기리타고, 그름 내거 자네 하품으 하라고 명령해 놓을 꺼니. 난도 맽 년 동안 누거 하품하는 그르 싹 못 봤아. 하품하는 그를 보믄 신기해. 하품으 새로 해보거라! 내 명령이야." 왕이 이래 말하는 기야.

"아이 무수워라. 갑작시리 하품이 나오라 하믄 머이 그기 나와요." 뽈따구가 벌개지미 언나 왕자거 말했아.

"에헴, 에헴! 조하 그래미는 어떨 찍엔 하품으 하고 또 어떨 찍에는..."

왕이 말으 떠듬떠듬 하드니 상당히 언짠은 같트라고.

왜냐문 모든 왕덜은 즈 명령에 딴지를 거는 그르 원치 않그든. 불복종이라는 그는 하늘이 두 쪽이나도 안 될 말이그든. 우터됐든 간에 이 양번이 절대군주잖가. 갠데 이 양반이 또 사램이 됐아. 보민 개도 언칸히 갠찮는 명령만해 또.

"만역에 내거 장군헌태 갈마구루 밴해보라고 한다문 그근 장군이 내 명령으 거역하는 그는 아니지. 가 잘못은 읎지 머. 내거 매핸거지. 그재?" 왕이 무심히 물었아.

"저기요, 쫌 앉아도 돼요?" 언나 왕자거 제우 용기르 내서 물었아.

"내거 자네르 앉으라고 명으 할 꺼니," 왕은 지 가죽 망또 접지킨데르 요래 피민서 말했아.

언나 왕자두 깜짝 놀랜기, 이너므 벨두 움메나 조막만 한지. 당췌 왕이 머이르 다시리는지 모리겠다는 기야.

"전하, 실례거 안된다문... 궁금한 그 하나 물어봐도 돼요?" 가가 왕인태 물었아.

"자네인태 물어보라구 명으 하노라. 그래 머이거 궁궁하재?" 왕은 서두르미 물어봤아.

"전하... 전하는 멀 다시리는 기래요?"
"마커 다시리지," 아주 간단히 답하드라고.
"마커 다요?"
왕이 손짓으로 지 행성이랑 딴 벨덜으 몽땅 가리켔아.
"전부 싹 다 라고요?" 언나 왕자거 말했아.
"하머, 깡그리 싹 다..." 왕이 대답했아.
요 왕은 여개 벨 절대군주만이 아니라 전체으 군주였던 기야.
"그램으 그 벨덜이 전하한테 다 복종은 해요?"
"하머," 왕이 말했아.

"명령했다 하문 바로지 머. 내인태 개들었다 하문 내 가만히 안 있그든." 언나 왕자는 그 상당한 권력에 놀라 자빠질뻔 했아. 만역에 야가 그른 권력으 가졌다 하문, 해 떨어지는 그르 마흔너이, 아니 일흔둘, 아니 백 번이 아니라 이백 번도, 하루 진중일이라도 볼턴데. 으자일루 왔더갔더 왼기지 않아도 대고. 언나 왕자는 번뜩 지거 내뻐려놓구 온 짝은 벨이 생각 나갖고 슬펴져서는 왕한태 청으 하나 했아. "지가요... 해 떨어지는 그르 보고 수운... 해인태더거 좀 퍼뜩 떨어지라고 명으 하므 안 될까요..." "내거 만역에 장군헌태 나비맹키로 이 꽃에서 저 꽃으로 왼게 날라 가라 명하거나, 비극으 씨라든지 아님 갈마구루 밴하라고 명으 했눈데, 장군이 내 명령덜으 배째라고 안 따르겠다 하문 그기 그 사람 탓이나 내 탓이나?"

"전하 탓이지요 머." 언나 왕자거 똑띠기 답했아.

"바로 그기야. 사램이 할 수 있는 일으 명해야 하는 기야." 왕이 이어서 말했아. "권위는 이성에서 나오는 기야. 자네거 만역에 자네 백성덜으 동해 바다에 마커 빠져 죽으라 하문 가덜이 가만 있겐. 눈에 쌍심지르 캐고 혁명이 일어나잖켄. 내 명령은 마커 그럴만한 이유가 있으니 복종으 하라 할 권리가 있는 기야. 머이 알기나 아나."

"그러문 지 해너미느요?" 언나 왕자가 데루 물었아. 한번 물음 절대로 까져먹는 법이 없다니.

"닌 해넘이르 볼 끼야. 내 명령으 할 꺼니. 근데 내 이래보니 그 명령으 할라하문 상황이 딱 맞는 때르 쪼끔 지둘레서 지케봐이 될 같태." "금 운제 되는 기래요?" 언나 왕자거 물었아.

"에헴! 에헴!" 그래더니 크다마한 달력으 디더보드니 왕이 말했아. "에헴! 에헴! 그기 함 보자... 고게 온 지낙 일곱시 사십분 쯤 되겠다야. 고때 자네거 내 명령이 울메나 기가맥히게 잘 맥히는지 보게 댈 끼야."

언나 왕자는 하품이 찍 났아. 야는 언능 해넘이거 보고 수웠아. 상그두 지달리고 있는데 지루해 죽지 머.

"여서 머 더는 할 일이 읎는 같튼데, 인재 고만 갈라고요!" 왕한태 말했아.

"가지 말지 왜." 이제 제우 백성이 생겨 기분이 째졌든, 왕이 말했아. "기냥 여 있아. 내거 자네 장관 자리 하나 줄 꺼니!"

"먼 장관요?"

"그 이짜나 그... 그 법무부 장관!"

"여는 재판할 사람이 읎는데 먼 소리래요!"

"또 혹시 아나," 왕이 말했아. "내거 내 왕국을 여즉까정 한 번도 다 둘러보덜 모 했아. 나이도 많고 개잖아두 여는 내 마차 둘 데도 마땅찮고, 걷자니 고뱅이도 써금써금하고."

"아! 지거 오민서 벌써 봤는데요. 그짝두 개미 한 마리 읎던데요..." 벌써 벨 반대편 한 바쿠르 슥 살패 본 언나 왕자거 말했아.

"그름 자네거 자네르 재판하민 되잖가?" 왕이 말했아. "이기 진짜 베기루 에루운긴데. 지가 지르 잘 판단하는 기 지가 남으 판단하는 그 보덤 훨씬 에루운 일이 그든. 자네거 자네르 똑띠기 판단한다 하문 자네는 진짜루 현명한 사람인 기지."

"지는요 어대 있든 간에 혼처서두 잘해요. 여서 살 필요는 읎는 그 같은데요." 언나 왕자거 말했아.

"에헴! 에헴!" 왕이 말했아. "내거 이래 보니 이 벨 어데 나이 먹은 쥐새끼 한 늠이 있는 같애. 껌껌한 밤이 되문 가 소리거 난다니. 자네거 그 늙은 쥐새끼르 재판해 주게. 아이? 하고 수움 가한태더거 사형으 때래. 가 목숨은 자네 손에 달린 기야. 근데 그룷트래도 그럴 찍에도 감형은 좀 해 조이대. 가르 좀 애께 도이대. 쥐새끼라고는 가가 다야."

"지는요 누구인태 사형 때리는 그는 하구 숲지도 안해요. 그리고 지느 이만 가요." 언나 왕자거 말했아.

"야 야, 가지 말라니." 왕이 말했아.

근데 갈 채비르 다 한 언나 왕자는 나이 자신 왕이랑 더이상 옥신각신 하고 숲지 않았아.

"전하가 똑 부러진 복종으 원하시문 지인태더거 일리 있는 명으 하나 내려주시문 되잖아요. 머 말하자문 일 분 안에 떠나라 이런거요. 명에 딱 맞는 상황이 될 같튼데..."

왕은 곧바루 대답으르 안 하니, 언나 왕자는 쭈뼛거리미 한 숨이르 푹 쉬더니 기양 가뻬릿아...

"내 자네르 대사 시켜 줄 꺼니! 아이." 왕은 퍼뜩 큰 소리로 말했아.

권위있는 목소리였아.

'으런덜으 참 히얀하다니.' 언나 왕자는 속으로 그래 생카미 떠났아.

## 11장

두 번째루 간 벨엔 허영쟁이가 살았아. "아하! 숭배자거 왔잖나!" 언나 왕자르 보자말자 그래 부르는 기야.

이 허영쟁이덜한태는 사람이 싹다 숭배자루 보이기 때밀에 그래잔.

"안녕하시우야," 언나 왕자거 인사했아. "아저씨요, 시안한 모재르 썼네요."

"답례를 할라 그래." 허영쟁이가 대답했아. "남덜이 내인태 박수르 막 치면은 이래 인사를 하민서 예르 갖출라고. 근데 운짜 바리두 읎지, 여게는 사람이라고는 귀경으르 싹 못 해."

"아, 진짜요?" 먼 소린 줄도 모리고 언나 왕자거 말했아.

"니 손바닥으 요래 마주쳐 바라." 허영쟁이가 씨겠아.

언나 왕자는 두 손으 딱 마주쳤아. 그랬드니 이 허영쟁이거 지 모재르 쓱 들더니 예르 바로 차리매 인사르 하잖나.

'먼재 왕한태 갔을 찍에 보덤 훨씬 재미따야.' 언나 왕자는 쏙으로 생각했아. 그래고는 새로 손뼉으 또 쳐봤아. 그랬드니 허영쟁이가 또 모재르 들고 요래 예르 채리민서 인사르 하잖가.

이 노릇으 한 오 분을 하고 나니, 언나 왕자는 고만에 이 단순한 놀음에 실증이 딱 나삐랬아.

"모재르 떨구문 어떠해요?" 언나 왕자거 물었아.

근데 요 허영쟁이거 들은 신청도 안 하는 기야.

허영쟁이덜은 지 우하는 소리만 듣는다니.

"닌 나르 움메나 숭배하나?" 허영쟁이가 언나 왕자한태 물었아.

"숭배하는 기 먼 소린데요?"

"'숭배한다' 는 말은 이기야, 내거 이 벨에서 질루 잘생기고, 질루 옷두 잘 입고, 질루 부재고, 질루 똑똑허다고 알아봐 준다는 기야."

"근데 아저씨 벨에는 아저씨 한 맹 뿐이 읎잖아요?"

"내 부탁 좀 들어 줄라나. 나르 좀 숭배해 다와, 아이!"

"아저씨르 숭배해요. 근데 그기 아저씨한태 먼 소용인데요?" 언나 왕자거 시야하다는 듯이 어깨르 으쓱했아.

그래고는 언나 왕자는 그 벨으 떠났아.

'으런덜은 확실히 이상해!' 언나 왕자는 여행으 하미 속으로 그래 생각이 들었아.

## 12장

고담으루 간 벨에눈 술꾼이 살았아. 오번 방문은 진짜 번갯불에 콩 꼬 먹듯이 빨랐는데두 언나 왕자는 맴이 쪼끔 팬치 않았대.
  "여서 머 하시는 거래요?" 빈 술뱅이랑 술이 든 뱅이랑 잔뜩 무저놓구는 입도 쩍 않고 있는 술꾼한태 언나 왕자거 물었아.
  "머이, 마시지 머." 하늘이 전부 무너진 그마냥 술꾼이 대답했아.
  "왜서 마시는데요?" 언나 왕자거 물어봤아.
  "잊어뻬릴라고." 술꾼이 대답했아.
  "머이르 잊아뻬릴라고요?" 함 벌써 맘이 짠해설라무네 언나 왕자거 물었지.

"챙피시루운그르 잊아삘라고 그르지." 술꾼은 그래 고백으 하민서 고개르 못 들드라구.

"머이거 그래 챙피시루운데요?" 언나 왕자는 도와주고 수워서 물어밨아.

"이래 마시는 기 챙피시루운거지 머!" 술 주정뱅이거 이래 말하고는 또 입으 꾹 닫아.

그래고는 언나 왕자는 떠났아. 어안이 벙벙한 기.
야는 여행을 하민서 속으로 이래 생각했아.
'햐 으런덜은 아 진짜루 증말루 증말루 시얀해.'

## 13장

네 번째 벨은 사업가 벨이었아. 이 양번은 머이 울메나 바뿐지 언나 왕자거 왔는데도 눈길 한 번으 안 주드래.

"안녕하서요?" 야가 인사르 했아. "아저씨 담뱃불이 꺼진 같튼데요."

"서이 더하기 둘은 다섯이고. 다섯에 일굽 더하민 열둘. 열둘에 서이 더하믄 열다서. 안녕. 열다석에 일굽 보테면 스물둘. 스물둘에 여스스 보테민 스물여덟. 내 담뱃불 부칠 새 도 읎다니. 스물여서에더거 다섯이면 서른하나. 보자! 그르믄 오억 백육십이만 칠백서른하나기네."

"머이거 오억인데요?"

"니 상그두 여개 있나? 오백억하고 백만... 그래고 잊어삐릿다 야... 머이 일이 이래 많나! 내 중한 일으 하는 사람이야. 거 아나, 내거 씰떼 읎이 떠들 새가 읎다니! 둘에 다섯은 일굽..."

"머이가 오억 백만 인데요?" 한 번 물음 절대 까먹지 않는 언나 왕자거 또 물었아.

　사업가거 고개르 채들었아.
　"내거 이 벨에서 오십사 년으 살았거든, 근데 딱 시 번 방해르 받았아. 질 츰은 이십이 년 전인데, 어서 날라 왔는지 풍뎅이 한 마리거 머이 딱 떨어져서는. 그느마거 움메나 씨끄룹게 울어재끼는지 덧셈하는데 네 군데나 실수가 딱 났잖아. 두 번째는 십일 년 전인데, 시상두 갑작시리 류마티즘이 도재가지고. 이기 마커 내 운동 부족이지 머. 운동삼아 좀 걸어댕길 시간도 싹 읎아. 내거 중한 일 하는 사램이잖가. 그래고는 그 시 번째거 지끔이라고! 내거 어데까지 했지? 오억 백..."
　"그니까 머이가 백만인데요?"

사업가는 인재 여개서 조용해지긴 글렀다고 알아차랬지.
"이따금 하늘에 베키는 저개 쪼그만 그 있잖나."
"파리떼요?"
"야는 먼 소리 하나, 저 빤짝거리는 그."
"땡삐요?"
"땡삐 같은 소리 하고 앉었네. 저 저개 금빛나는 그 있잖나. 길러 빠진 굿덜 헷딴 꿈 꾸게만드는. 근데 내는 중한 일 하는 사램이라서 그딴너므 헷딴 꿈 같튼 근 꿀 시간도 읎다니."
"아! 벨 말하는 거네."
"거래. 그그 벨!"
"그 벨 오억 백만 개씩이나 가주고 머 할라 하는데요?"
"오억 백육십이만 칠백서른하나. 내거 아주 정확한 사람이 야." "그 벨덜 머커 가주구 머 할라구 하는데요?"
"걸로 머 하나고?"
"야."
"아무긋도 안 하는데. 기양 가주구 있는 기야."
"벨으 기양 가주구 있는다구요?"
"하머."
"근데 아께 왕으 만냈는데 그 왕이…"
"왕덜은 가주구 있는 기 아이야. 다시리는 기지. 그근 완전 딴 기야."
"그름 벨으 가주구 있으믄 머이가 좋은데요?"
"나르 부재로 맨들어 주잖나."
"부재가 되므는 또 머이가 좋은데요?"
"딴 벨으 찾으믄 그글 사드래이지."
이 냥반이 말하는 그르 가마이 들어보니 주정뱅이 하는 소리랑 비슷허다고 언나 왕자는 생캤아.

근데 언나 왕자는 상그두 머이 궁금해 죽아.
"그름 우떠해야 벨으 가질 수 있는데요?"
"그게 다 누구낀데?" 사업가가 승질을 내미 말했아.
"모르지요 머. 누구끼도 아닌 같튼데..."
"그름 그근 내끼지 머. 그르 츰으로 생각캐낸 사램이 내잖아."
"그 이유거 다래요?"
"하머, 쥔이 읎는 다이아몬드르 니거 발견하문 그근 니끼야. 쥔이 읎는 섬으 하나기 발견하문 그그두 니.

끼야. 니거 츰으로 먼 생각으 하문 특허르 내삐래. 그근 니끼라니. 그래니 벨덜이 내끼지. 내보덤 전에 그그르 가진다구 한 사램이 한 맹두 읎었으니."
"말은 되네요." 언나 왕자거 말했아.
"그래구는 저걸로 머이르 하는데요?"
"관리는 하지. 벨으 세알리고 또 세알리지." 사업가거 말했아. "이기 쉬운 일이 아이야. 내거 참 중한 일르 하는 사램이래니."
언나 왕자는 여적지도 머이거 만족시룹지 않았아.
"만역에 지거 목도리르 하나 가주구 있으믄요, 그글 내 목에다 둘르고 다니잖아요. 또 꽃이 한 송ㅇ이가 있으믄 내거 그글 꺽어서 가주구 댕길 수도 있잖아요. 근데 이 벨덜은 딸 수 읎잖아요."
"그치 모 하지. 근데 은행에더거 매낄 수 있잖나."
"그기 먼 소리래요?"
"그기 먼 소리나 하문, 이래 내거 쪼매난 조 쪼가리에 벨이 맽갠지 딱 적아. 그래고는 그 종우르 금고 안에다 넣고 쇳대르 채와.
"그기 다예요?"
"거럼, 이기 끝이지!"
'골때리네.' 언나 왕자는 생캤아. 이그르 시적이라고 해야 하나 머이라 해야 하나. 암튼 머이 그기 중요한 기 아이고.

언나 왕자거 생카는 중한 일이라는 그는 으런덜이 생각카는 거하구는 천지 차이였어.

"있잖아요," 언나 왕자거 말하는 기 "지한태는요 날마더 물으 주던 꽃이 하나가 있아요. 매주 씰어주는 화산두 서이나 있아요. 사화산두 우터 될는지는 모르니까눈 똑같이 씰어줘요. 지 가요 화산이랑 꽃으 갖고 있는 근 가덜한태 좋은 일이지요 머. 근데 아저씨는 벨덜인태 벨로 필요해 비지는 안해요..."

사업가가 머라고 대꾸할라구 입으 벌랬는데 할 말으 몬 찾아서 그리구 있눈데 언나 왕자는 기양 떠나삐랬아.

야는 여행을 하미 생각캤아. '으런덜은 좌우지간에 아주 희안 노글노글하네.'

## 14장

다섯 번째 벨은 진짜 더 희안 노글노글했아. 여개는 여적지 갔든 벨들 중에서두 질로 째깐한 벨이었아. 가로등 하나기하고 가로등 캐는 사램이 하나 제우 서 있을 만한 크기였아. 언나 왕자는 이너므 벨에는 집 하나기 읎고 사눈 사람도 읎는데서 되잔이 가로등이랑 가로등 캐는 사람이 마커 머하러 있나 구구해도 전상 모르겠는 기야. 그러민서 혼잿말으 해싸.

"가마 이래보니 이 냥반도 머이 션찮은 같튼데. 게도 왕이나 허영쟁이나 사업가나 술주정뱅이 보덤이야 머이 언칸하겠지. 못해도 이 양번은 일은 머이 좀 으미 있는 그 같튼 기. 가로등으 키면 꼭 벨이나 꽃이 하나 새로 태어나는 같기도 하고. 가로등으 이래 끄믄 꽃이랑 벨이 요래고 재우는 기나 한가지고. 이 움메나 개안은 일이나. 그래고 개안타는 그는 참 쓸모있다는 기지."

야는 벨에 들어서민서 가로등 키는 사램한태 아주 정중이 인사르 했아.

"안녕하세요? 왜서 맹금 불으 껐아요?"

"어 왔나." 가로등지기가 그래. "명령이니 그룧치."

"무슨 명령인데요?"

"불 끄라는 명령이지 머. 드가자."

그래고는 불으 다시 폭 껐아.

"근데 왜서 새로 불으 또 붙혀요?"

"이기 내 명령이라니." 가로등지기거 대답으 했아.

"먼 말인지 모 아라 먹겠는데요." 언나 왕자거 말했아.

"모아라 먹고 할 긋도 읎아." 가로등지기거 말했아. "명령은 기양 명령인 기야. 좋은 아침."

그래고 이 냥번이 또 불으 폭 꺼.

그래더니 체크 무냥있는 손쉬건으루 마빠구르 요래고 딲아.

"이느머 일이 아주 몸썰나. 예전에는 이다타지는 않았눈데. 내거 이 가로등에 아침 지냑으로다가 불으 키고 끄잖가. 그래고는 낮에눈 좀 쉐고 해가 지고 나민 잠두 좀 자기두 하구 했지."

"그르믄 고 담에 명령이 바뀐거래요?"

"바뀌긴 머이가 바꿰," 가로등지기거 말했아. "여개서부텀 잘 못됐지. 이너므 벨이 우떠된 기 해마덤 자꾸 점점 빨라지잖가. 그런데 명령으는 고대로야."

"그램은 지금은요?" 언나 왕자거 말했아.

"지금은 일 분마덤 돌아삐래서 내거 일 초뿌니 못 쉐. 일 분마더 불으 붙히고 꺼야 된다니!"

"야, 대우 우끼다야! 여개는 먼 하루가 일 분뿌니 안 하나!"

"웃기기는 개 코댕가리거 웃기나?" 가로등지기거 말했아. "여서 우덜이 말하는 동안 고새 한 달이 지났아."

이느머 일이 아주 몹썰나.

"한 달이라고요?"

"하머. 여서 삼십 분이믄 삼십일 이니까는. 잘 자."

그래고는 불으 다시 켰아.

언나 왕자는 가로등지기르 보민서 명령에 이래 충실허게 따르는 양번이 또 있나 하고 존경스루웠아. 그래고는 옛날에 지으자르 이래 땡게 앉으민서 보던 해넘이가 요래 생각이 나드래. 언나 왕자는 오번에는 지 새로운 칭구르 도와주고 수워 졌아.

"아저씨요... 아저씨 쉬고 숩다 할 찍에 쉘 방법으 지가 알고 있아요."

"난 항시 쉐고 숩지!" 가로등지기거 말했아.

사램이 충실하민서도 우떨 찍엔 쫌 길러 질 수도 있으니까.

언나 왕자는 하던 얘기르 이어 했아.

"아저씨 벨은 마이 쪼마하니까 세 발짝쓱만 띠맨 한 바쿠는 다 돌 수 있잖아요. 아저씨거 시나미 걸으문 계속 햇빛 알루 있잖아요. 아저씨거 쉐고 수울 찍에는 기냥 걸어요. 그램 아저씨거 원하는 맨큼 낮이 이어지잖아요."

"글쎄다야, 벨로 도움이 될 거 같잖은데." 가로등지기가거 말했아. "내거 평생에 질로 하고 수운 근 잠으 푹 자는 기야."

"그 참 안됐네요." 언나 왕자거 말했아.

가로등지기거 이래대 "안됐재, 좋은 아침."

그리고 불으 폭 껐아.

언나 왕자는 여행으 하민서 이래 생각캤아. "왕이나 허영쟁이나 주정뱅이나 사업가 같튼 사람들이 이 양반으 보믄 알기 우숩게 알텐데. 근데 내거 여적지 본 중에 개안타 하는 사람은 이 냥반 뿐이네. 아마 이 냥반은 유일하게 자기말고두 딴 사람으 생카구 있기 때민인 같타."

언나 왕자는 한 숨으 폭 쉐드니 혼젓말으 했아.

"내 칭구로 사굴만한 사램은 이 아저씨 뿐인 같튼데 여개는 베잡아두 너무 베잡아서. 둘이 세 있지도 모 하잖나…"
언나 왕자가 차마 인정 하구 숩지 않았든 기, 언나 왕자거 이복 받은 벨에서 진실로 떠나고 숩지 않았던 이유는, 바로 해넘이거 스물네 시간 동안 천사백마흔 번이라는 거였다니!

## 15장

여섯 번째 벨은 그짓뿔 요맨큼도 안 보테고 한 열곱절은 더 큰 데였아. 여는 이따시만한 책으 쓰는 나이 지긋한 으르신이 사시드라고.
"야 바라! 탐험가거 오잖나!" 언나 왕자르 보고는 반갑게 소리치잖드나.
언나 왕자는 책상에 앉아서 이래고 숨으 잔질곶아. 여개까정 오눈데 당췌 움메나 먼지!
"닌 어서 완?" 으르신이 물었아.
"그 크다한 책은 머이래요? 으르신은 여서 머하시는 기래요?" 언나 왕자거 말했아.
"내거 지리학자야." 연세 많으신 으르신이 대답했아.
"지리학자가 머이래요?"
"지리학자가 머이나 하민, 바다고, 강이고, 마실이고, 머이 산이고 사막 같은 기 마커 워디가 붙어 있나 전부 아는 사람이지."
"음청 재밌겠는데요," 언나 왕자거 말했아. "이기 상당히 중요한 직업이네요!" 야가 이래고는 지리학자 벨으 씩 둘러 봤아. 머리털나고 이래 큰 벨은 츰 봤다잖나.
"으르신네 벨이 상당히 머수있네요. 여 바다도 있나요?"

"근 내거 모르지." 지리학자거 이래 말했아.
"아!" (언나 왕자는 대우 실망했아.)
"그램 산은요?"
"몰라." 지리학자가 말했아.
"마실이나 강이나 사막은요?"
"그그도 난 모리지." 지리학자가 이래.
"근데 으르신 지리학자라 하잖았어요?"

지리학자거 한다는 말이, "하머. 근데 내거 모험가는 아니잖가. 난 탐험가거 꼭 필요해. 지리학자라 하는 기 마실이랑 강이랑 산이랑 머이 바다랑 사막이랑 세알리러 돌라댕기질 안해. 지리학자는 싸 돌아댕기기엔 상당히 중헌 사램이야. 지리학자는 공부방서 떠나질 안는다니. 근데, 거서 탐험가들헌태 이지가지르 물아 싸치. 이제 탐험가헌태 싹 물아, 그래고 가가 발견한그르 요래 싹 받아 적어 놔. 가덜 중에 괜찮다 하는 아가 있다 하믄 조사르 싹 들어가."

"조사는 왜서 하는데요?"

"그기, 그 탐험가거 만역에 그짓뿔쟁이면은 그 지리책이 머이 대겐가. 탐험가거 술으 좀 한다 하믄 그긋도 지랄이지."

"그근 또 왜서요?" 언나 왕자가거 물었아.

"아이 술이 취하믄 쌍으로 베키쟎가. 그래고 지리학자거 실지로 산이 하나기 있는 그르 거 둘이 있다고 써 놓믄 안되쟎나."

듣더거 언나 왕자거 이래.

"내 절대로 탐험가 못 될 사램으 하나기 알긴 알어요."

"그르타니. 근데 탐험가 야가 머이 괘안타 하민 인재 거서부텀 자서하게 야가 발견한그르 조사르 딱 해."

"그램 거까지 가서 봐요?"

"머이, 분주수룹게 안가. 대신에 가한태 증거르 딱 내 놓으라 하지. 가거 크다마한 산으 발견했다 하쟎아, 그램은 그느마인태 크다마한 바우르 가주구 오라구 하지."

갑작시리 지리학자거 머이 흥미르 보이미 물아.

"근데, 자네도 어데 멀리서 왔재? 자네도 탐험가 쟎가! 내인대 자네 벨이 우떤지 좀 얘기 해 주게 아이."

지리학자거 당신 젝기장으 이래 페고는 연필을 꺼내들아. 탐험가 말은 항시 먼저 연필루 써이대. 잉크루 쓸라믄 가가 증거르 떡 내놓기 전까지는 쫌 지둘레야댄다니.

"얘기를 해 보개, 아이." 지리학자거 말했아.

"아! 지 벨은 머이 벨 볼 기 읎어요. 머이 째만한 기. 화산 서이 있는데 둘은 활화산이고 하나기는 사화산이래요. 근데 또 가가 우터 댈라는지는 혹시 또 모르지요 머." 이래 언나 왕자거 말했아.

"거럼 우터 댈지 모르지." 지리학자거 말했아.
"꽃도 하나 있어요."
"우덜은 꽃 같은 근 안 적는데." 지리학자거 이래.
"왜서요? 이기 젤로 이쁜긴데!"
"꽃은 곧 가니 그르지."
"'곧 간다' 느기 먼 말이래요?"
지리학자가 이래 말했아 "지리학 책은 있잖가, 책들 중에서도 아주 최고로 진중헌 책이라 이 말이야. 절대루 구판이 되는 법이 읎아. 산이 자리르 욍기는 일은 거진 없잖가. 바다에 물이 마르는 일도 만무하고. 그재? 우덜은 밴하지 않는 그만 적아."
"근데, 인재 저기 죽은 기다 이랬던 사화산이 회소 될 수도 있잖아요." 언나 왕자거 따줴 물었아.
"'곧 간다'는 기 머이냐니까요?"
"화산이 죽든 살아나든 우덜한태는 머이 그리 중하지 안해." 지리학자가 말했아. "그기 산이라는 기 울한태 중한 기야. 산은 밴하질 않잖가"
"그니까 곧 간다는 기 먼 소리냐구요?" 언나 왕자거 자꾸 물아. 야는 머이 한번 물음 답을 들을 때꺼정 절대루 포기하는 법이라고는 읎지.
"그근 금시 사라져삐린다는 말이야."
"지 꽃이 금방 사라져삐릴지도 모른다고요?"
"거럼."
'내 꽃이 곧 간다고.' 언나 왕자가 이래 혼저말을 했아. "햐, 가거 시상에 맞서서 지르 지킬수 있는 거라고는 딸랑 까시 느이 뿐인 기! 천치같이 내거 가르 집애더 혼저 내삐리고 왔다 야!"
츰으로 언나 왕자는 떠나온거르 후회했아.
하지만서도 야는 다시 맘으 먹었아.

"으러신요, 지가요 요 다음 번에는 어델 가보는 기 좋겠어요?"
"지구라는데를 함 가봐." 지리학자가 대답했아.
"그 벨이 펑이 참 개안아..."
그래고 언나 왕자는 질으 떠났아. 지 꽃슬 생각카민서.

## 16장

이래서 일곱 번째 벨은 지구였아.

지구는 기양 벨이 아니였아. 여는 왕이 백 하고도 열한 맹이나 있고 (당연지사 흑인 왕도 다 보텟아), 지리학자거 칠천 맹, 사업가가 구십만 맹, 쥐정뱅이거 칠백쉬른만 맹, 허풍쟁이거 삼억천백만 맹, 으런덜이 머이, 이십억 맹이나 우글대고 있었다니.

지구 맨적이 울맨지 내 알코줄게, 전기거 발명 대기 전으로 말하자문 육대륙 전체르 통틀어 불 캐는 사램이 진짜루 군대루 사십육만이천오백열한 맹이 필요했아.

쫌 멀찌가니 떨어재 보잖가, 아이, 아주 볼만해. 이 불 캐는 군인덜이 움직이는기 머이 발레 추는 아덜츠름 착착 맞는 기. 일 번으루는 뉴질랜드랑 호주 가로등지기덜이야. 등에 불으 딱붙이고 나믄 바로 자러 드가. 고 다음으루는 쭝국이랑 시베리아 가로등지기덜이 쫄로리 춤을 추러 드루와. 그래고 야덜도 무대 뒤우루 쓱 사라져. 고래구 나믄 러시아랑 인도 가로등지기덜 차례야. 고 다음은 아푸리카랑 유럽 아덜이구. 그래고는저 남미. 고담에는 북미. 무대 우루 올라오는 차례는 칼이야. 절대루 안틀래. 장관이제.

북극에 혼처 사는 가로등지기 뿐 아니라 저 남극서 혼처 사구있는 가로등지기는 아주 길러 빠지게 살구 있아. 야덜은 단지 일 년에 딱 두 번만 일으 하기만 하문 대그든.

# 17장

사램이 머이 말으 좀 재미지게 할라 하문, 그짓뿔도 좀 보테고 그래. 가로등지기들 얘기는 사실 내 그리 떳떳치는 모해. 우리 벨으 잘 아지 모하는 사램덜이 머이, 이른 기 다 있나 하고 숭으보는 기 아인지 모리겠네. 사램덜은 실지로 지구서 차지하는 자리는 움매 안돼. 지구서 사는 이십억 명을 모둠 마가주구 줄로 쪽 세우민 가로 세로 삼십키로 마당에 더거 마커 놀 수 있다니. 태평양서 질로 작은 섬에다 마카 씨러 넣으 수도 있다 이 말이야.

아이고, 물론 으런덜은 이 얘기르 믿지도 않지. 그 양번덜은 당신덜이 어엽게 너르다한 자리르 꿰차고 앉아 있다고 생카민서 본인덜이 바오밥낭그나 한가지로 중허다고 생각한다니. 그램 기양 그 양번덜헌태 당신이 직접 계산해 보라 하문대. 아이 만날 숫자 숫자 하잖나! 그래고 나야 그 양번덜이 좋다 허지. 그딴너므꺼 때밀에 시간 베릴 필요도 읎싸. 내말 믿아.

언나 왕자거 지구에 딱 내랬는데, 어머야라 사람이래고는 코빼기도 안비채서 깜쩍 놀랬다잖나. 츰에는 이기 머이 허딴데 온 기 아인가 수워서 한 걱정으 하고 있는데, 달빛 색까리르 한 고리가 모래 알서 꿈찍거리드래.

"안녕?" 언나 왕자거 혹시나 하고 먼저 인사르 했아.

"안녕?" 뱀이거 인사르 해.

"여가 어대나?" 언나 왕자거 물었아.

"지구, 여가 아푸리카잖아." 뱀이거 이래 대답해.

"어미야라! 그리민 지구엔 아무도 안 사나?"

"야는, 여가 사막이잖아. 사막엔 아무도 안 살지. 지구가 움메나 큰데." 뱀이거 말했아.

언나 왕자는 바우 우에 앉아서는 하늘으 이래고 올래다 봤아.
그래민 야가 이래 "내거 있잖아. 저래 벨덜이 빤짝이는 기, 운젠가는 사람덜이 마커 즈 벨을 찾을 수 있게 할라고 저린기 아인가 하고 생카잖아. 내 벨도 저 바바. 우리 바로 요 우에 있잖나... 햐, 근데 이래 머르다 하게 있나!"
"이쁘다야, 근데 니 여 마러 왔는데?" 뱀이거 물었아.
"먼 꽃이랑 불화거 좀 생게가주고." 언나 왕자거 대답했아.
"아고야!" 뱀이거 그래.
그래고는 둘 따 말이 읎아.
"사람덜은 마커 어데 있나?" 결국 언나 왕자거 먼처 물었아. "여 사막은 쫌 애롭네..."
"왜, 사램덜이랑 있어도 애롭지." 뱀이거 그래.
언나 왕자거 뱀이란 늠으 이래구 한참으 봤아.
"닌 참 시얀한 짐성이다야. 손꼬락같이 지다 한 기..."
언나 왕자거 이래 보다 말고 말했아.
"머래, 내 왕 손꼬락보덤 힘이 얼마나 쎈 데" 뱀이 말 했아.
언나 왕자가 픽 웃었아.
"니 머이 힘이 쎄다 그러나...발도 하나 엄는 기...어대 가지도 못 하겠구만..."
"햐, 내거 니르 우떤 배보담도 더 멀리 델따 줄 수 있는데." 뱀이거 말했아.
야거 언나 왕자 발모가지르 금팔찌츠럼 확 휘감고는 돌아갔아.
"어떤 종재든 날 근들기만 하문 몽땅 즈거 첨에 태어났었던 흙으루 돌아가게 해 삐릴태니." 그래고는 가가 또 이래. "근데 닌 아가 쫌 순진한기 여 사람이 아닌 같타..."
언나 왕자는 머라 대꾸를 안 했아.

"닌 참 시얀한 짐성이다야. 손꼬락같이 지다 한기..."

"딱하다야, 이 빡씬 지구에 닌 아가 너무 예리예리하다. 운제 니 집으루 돌아가고 수움 얘기해, 내 도와줄 꺼니. 내거…"

"어! 알았아! 근데 왜서 닌 머이 순 수수께끼같은 말만 하나?" 언나 왕자거 물었아.

뱀이 대답한다는 기, "걔도 내거 답을 다 알아."

그래고는 다시 그느마 둘은 아무 말이 읎었아.

# 18장

언나 왕자는 사막으 근내가민서 본 기라고는 꽃 한 송ㅇ이 뺵애 읎었아. 꽃 잎사구 석장이 다인 머 그런 꽃이었아.

"안녕?" 언나 왕자거 인사했아.

"안녕?" 꽃이 인사했아.

"사람덜 마커 어대로 간지 혹시 아나?" 언나 왕자거 즘잖케 물았아.

머이, 한참 전에 보따리 장수 지나가는 글 본 적이 있대. "사람덜? 있아 사람덜, 가만이 보자 여서인가 일굽인가. 맽 해 전에 밨아. 가덜으 어대가서 찾재? 바램이 가덜으 몰구 댕기잖아. 가덜은 뿌래기가 읎써놔서 참 불펜할 끼야."

"아! 있아, 나 갈꺼니." 언나 왕자가거 말했아.

"어, 조심히 가." 꽃이 말했아.

## 19장

언나 왕자는 노프다한 산에 올라갔아. 야가 여즉지까정 본 산이라고는 지 고뱅이 높이만 한 화산 스이거 다야. 그마저도 사화산은 발판으루 썼다니. "햐, 이래 높은 산이믄 이 벨오랍도리랑 온 사람덜으 한 눈에 다 볼 수 있겠다야. 근데 죄다 빼쪽빼쪽한 바우 꼬뎅이뿐이네." 야가 이래 혼잿말을 했아.

"안녕? 혹시나 해서 언나 왕자가 인사했아.
"안녕... 안녕... 안녕..." 역시나 메아리거 대답했아.
"니 누구나?" 언나 왕자거 말했아.
"니 누구나... 니 누구나... 니 누구나...?" 메아리거 대답했아.
"친구하자, 내 혼저야." 야가 그랬어.
"내 혼저야... 내 혼저야... 내 혼저야..." 메아리가 대답했아.

이느마는 이래 생캤대. "머이 히야 노글노글한 벨 다 보겠다야! 머이 마커 버썩 마르고 빼쪽빼쪽한 기. 사램덜이 상상력이라고는 개 코뎅가리도 읎네. 내 말이나 지랄하구 따라하기나 하구. 내 꽃은 운제든 먼처 말 시케죘는데..."

## 20장

언나 왕자거 전상 사막이랑 바우골이랑 눈으 해치미 오래두루 걸어오다가 마침내 질 하나이르 만냈잖아. 모든 질은 사람있는 데루 뚫폐있잖가.

"안녕?" 야거 인사했아.

거는 장미거 한 까뜩 팬 정원이었아.

"안녕?" 장미가 인사했아.

언나 왕자는 가덜르 뺀히 봤아. 마커 지 장미랑 똑 닮았아.

"니 누구나? 언나 왕자거 벙 쪄가지고 꽃덜한태 물었아.

"우덜은 장미잖아," 장미덜이 대답했아.

언나 왕자거 이래. "야!"

야는 갑작시리 기분이 싹 나빠지는 기야. 야 벨에 있던 꽃이야한태, 하늘 아래 지같은 꽃은 지뺵애 읎다고 똥벨나게 굴었단 말이야. 근데 여개 가랑 똑같이 생긴 꽃이 오천송ㅇ이가 다 머이나, 아주 게락이야, 이 정원 한군데 만도!

"장미 가가 지랄 난리 나겠네, 여 와서 이거 봤음 민구스루와서 역부러 대우 지침으 해대매 죽겠다고 얼그락을 쳤겠구만... 그르문 난 또 어푼 가서 공경 하는 척이라도 해야지 머. 안그랬다가는 나꺼정 췌킬라구 진짜구 까무라쳐 버릴지두 모른다니..."

이느마는 이래 생캤대.머이 히얀 노글노글한 벨 다 보겠다야.
머이 마커 버썩 마르고 빼쪽빼쪽한 기.

그래고는 혼젓말을 했아. "난 내거 시상에 하나뿐인 꽃을 가져서 퇘를 냈다 생캤는데, 쌔빠진 장미 꽃 하나르 가주 있는 거였네. 거다 고뱅이뿐이 안 오는 화산 서이, 그긋도 하나기는 영 맛이 갈지도 모리는데, 야덜을 가주구 내 우터 왕자거 되겠나..." 그래구는 지 혼저 풀밭 우에더 엎어지드니 가마이 울잖가.

## 21장

그래고 있는데 어서 여ㅇ우 한 마리가 톡 튀나오잖가.
 "안녕?" 여ㅇ우가 말했아.
 "안녕?" 언나 왕자거 즘잖게 답하고는 돌아보드니 머이, 암껏두 읎싸.
 "여개야 여." 목소리거 말하는 기. "여개 사괘 낭그 알에..." "니 누구나?" 언나 왕자거 물었아.
 "어미야, 먼 아가 이래 이쁘나..."
 "난 영ㅇ깽이야." 여ㅇ우가 말했아.

언나 왕자거 말했아. "니 일루 와서 나랑 놀자. 내거 지끔 엄청시리 슬푸거든…"

"내 니랑 못 노는데…" 영ㅇ깽이가 말했아. "난 질이 안 들어놔서."

"어우야! 미안." 언나 왕자거 말했아.

잔깐 구구하드니 언나 왕자거 한다는 말이,

"근데 '질들인다'는 기 뭔 소리나?"

"니 여 사람이 아니구나, 그재? 니 머 찾나?" 그 영ㅇ깽이가 물었아.

"내 사람덜으 찾구 있아. 근데 ,질들인다는 기 먼 소리나?" 언나 왕자가 또 물었아.

"사람덜 있잖아, 가덜은 총두 가주구 있구 사양도 하잖아, 싹 거실래 죽겠아! 가덜은 닭도 키우드라. 전상 거만 관심있두만. 니도 닭 찾나?" 영ㅇ깽이거 물아.

"아이야." 언나 왕자거 말했아. "난 칭구르 찾고 있아. 근데 '질들인다'는 기 먼 말이냐니?"

영ㅇ깽이거 설명으 하는 기. "요샌 그런 말 잘 안 씨긴 하는데, 머이냐 하문 '관계르 맨든다'는 소리야."
"관계르 맨든다고?"
"거래," 영ㅇ깽이거 한다는 말이. "지끔에 니는 내인태 저 따른 머스마 십만 맹이랑 다르기 하나도 읇는 그런 아거든. 그래서 난 니가 필요 읇어. 니도 내가 필요 읇을껄. 난도 니한태 저 돌아댕기는 수십 만 여ㅇ우덜랑 다르게 읇는 여ㅇ우 한 마리잖아. 근데 있잖아, 만역에 니가 나르 질들이잖아, 그램 우리찌리 이제 서로거 필요한 사이가 대. 닌 내인대 시상서 하나뿐인 아가 대고, 난 니인대 시상에 둘도 읇는 여ㅇ우거 댈 끼고."
"아, 인재 좀 먼지 알겠다. 있잖아, 꽃 하나기 있는데...가가 날 질들인거였네..." 언나 왕자거 말했아.
"그럴 수 있지. 여 지구엔 벨 일이 다 있어." 영ㅇ깽이거 말했아.
"아, 근데 가는 지구에 살지 안해" 언나 왕자거 말했아.
영ㅇ깽이는 눈이 빤짝 하드니
"금 딴 벨에 있나?"
"응."
"야, 금 그 벨에 사냥꾼 있나?"
"아니"
"딱이네! 금 닭은?"
"읇아."
"그래기, 아이 완벽한 근 읇꾸만." 영ㅇ깽이가 한숨으 쉣아.
영ㅇ깽이는 지 얘기로 돌아가서는,
"내거 사는 기 쫌 단순해. 내거 닭으 쫒고, 사램덜은 나르 쫒고. 닭덜으 보믄 생긴게 다 비슷헌 기 그래고 사램덜도 봄 다 그늠이 그늠이드라고. 개서 쫌 심심달까. 근데, 니가 날 질들이면 내 삶이 머라 해야 댈까, 환한 햇살로 까득찰 거 같다.

그램 난 딴 사람덜이랑은 따른 발짜욱 소리르 듣게 되겠지. 딴 발짜욱 소리덜은 전상 무수워서 나르 땅 쏙으로 숨게 맨들잖아, 근데 니 소리는 나를 굴 밖으루 부르는 음악 소리 같틀 껄. 니 저 밀밭이 보이재? 난 빵으는 입에 대도 안해, 개서 밀은 내인태 씨잘떼기도 읎아. 밀밭은 내인태 아무 의미도 읎딴 말이지. 근데 시상두! 니 머리깽이 새까리가 금색이잖나! 니가 날 질들이면 인재부터는 밀밭은 내인태 음층나게 특별해지는 기야! 저 뉘런 금빛 밀밭으 보민 니거 생각날끼야. 그래고 밀밭서 스치는 바람 소리도 아주 사랑시루울 끼야…"

영ㅇ깽이는 말 읎이 언나 왕자르 번히 치다봤아.

"부탁인데…날 쫌 질들여줄라나!" 영ㅇ깽이가 말했아. 그래 니 언나 왕자가 이래. "내 진짜 그래하고 수운데, 내 시간이 마땅찮애. 내 칭구덜도 좀 찾아봐야 하구 이지가지 배울 굿도 쌨고."

"질으 들여바야 진짜 배울 수 있는 거라니," 영ㅇ깽이거 말했아. "가반보문 사램덜은 멀 배울 시간이 읎는 같태. 다 만들어진 그 가게서 휘떡 사기나 하구. 근데 칭구르 파는 가게는 읎잖아. 개서 사람덜이 칭구가 읎는 기야 머 아나? 니 칭구거 갖고 수우문 날 질드래!"

"금 우떠해야 대는데?" 언나 왕자거 물었아.

"참을성이 있어이대." 영ㅇ깽이가 답했아. "먼처 니는 멀찌가 니 나인태서 쫌 떨어재 앉아 있아. 저짝에, 요 풀밭 우에. 그르문 내거 니를 요래고 가자미눈을 하고 볼건데 닌 암 말또 하문 안돼. 항시 요 세빠닥으 잘못 놀래서 오해가 생기구 그르잖아. 근데 고담 날부텀은 매일 쪼금씩 쪼금씩 내인대루 붙어 앉아도 개안아…"

기튼 날 언나 왕자거 다시 왔아.

"같은 시간에 오민 더 좋을 같애" 영ㅇ깽이거 말했아. "만역에 니가 오후 네 시에 온다고 하잖아. 그래므 난 하머 세 시부텀 기분이 좋워진다니. 올 시간이 가차와 질수록 난 점점 더 행복해질 끼야. 딱 4시거 대잖아, 말이 머이야. 안달이나서 난리지 머. 이기 행복이구나 하구 알게 대겠지. 근데 니가 니 오구 수울 때 암 때 오문, 내가 운제 마음에 준비르 할 지 알 수가 읎찌… 의례거 있잖아."

"의례거 뭐나?" 언나 왕자거 물었아.

"이긋도 쫌 잊혀진 말이긴 한데," 영ㅇ깽이가 말했아. "그기 우떤 날은 딴 날이랑 달르게, 우떤 날은 따른 시간이랑 따르게 하는 거야. 쉽게 말하자민, 사냥꾼한태도 의례거 딱 있아. 가덜이 목요일이면 마실 처자덜하고 춤으 춘단 말이야. 개서 내인태는 그 날이 땡잡은 날이지. 그 날이면 내거 포도밭까지 펜안히 돌아 댕길 수거 있아. 근데 만역에 사냥꾼덜이 즈들 낵키는대루 아문때나 춤으 춰대문 난 펜한 날이라고는 한 날도 읎느 기지."

개서 언나 왕자는 영ㅇ깽이를 질들였아. 그래고는 서로 헤지는 날이 딱 다가오니.

영ㅇ깽이거 이래. "야야라… 나 눈물이 날라 한다."

"야, 이기 마커 니 때문이잖아." 언나 왕자거 말했아.

만역에 니가 오후 네 시에 온다고 하잖아.
그래믄 난 하머 세 시부텀 기분이 좋워진다니.

"내 니 애나게 할 생각은 요맨치도 엄었는데, 니거 니르 질들래 달라고 해서 이래 댔잖아."

"아, 내 알지," 영ㅇ깽이거 말했아.

"그래두 니 울꺼나!" 언나 왕자거 말했아.

"거래!" 영ㅇ깽이가 대답했아.

"그래민 니인태 남는 기 암 꺼또 읎짢나."

"왜 읎싸... 저 밀 색까리 있자나." 영ㅇ깽이가 말했아. 그래민 또 이래.

"니 저 장미덜한태 다시 함 가 볼라나. 그래믄 니 장미가 시상천지에 둘또 읎는 아라는 그르 알게 댈 끼야. 그래고나서 내인대 작별 인사하러 다시 와. 그래고나믄 내거 비밀으 하나 알코 줄 꺼니."

개서 언나 왕자는 장미덜 있는 대루 다시 딱 갔아. 그래구 가덜한태 한다는 말이

"니덜은 내 장미하고 닮은 구석이라고는 눈꼽맨치도 읎아. 어느 누구 하나기가 니덜으 질들이기르 했나, 니덜이 누구르 질들이기르 했나. 요전에 저 영ㅇ깽이하구 똑같지 머. 수백 수천 마리 여ㅇ우덜 새이에서 그양 그 중 하나기지 머. 근데 내거 가르 내 칭구로 맨들고 나이 지끔은 우떤 줄 아나, 하늘아래 둘 또 읎는 아거 댔아."

장미덜이 있다 말고는 먼소린가 하고 벙 쪘아.

"니덜 이쁘지. 이쁘고마다 하지, 근데 머인가 허수한 같애. 어느 누구하나 니덜 위해 죽는다는 기 있나. 저 지내가던 양번은 내 장미가 니덜랑 하나도 다르게 안 보겠지. 근데 니덜 한 트럭으 갖다 조도 난 내 장미거 최고야. 왠 줄 아나? 내거 때때마둠 물 죊지, 유리 덮개 구해더거 덮어조, 바람맥이 필요하다하문 다 막아조. 벌거지보구 질겁하문 거 다 잡아조 (나비 오라구 두세 마리 냉개 놓기는 했아). 머이라고 짹짹거려두, 꼴깝으 떨어

도, 머이에 빼져서 입 꾹 다물어도 내 다 받아줬아. 딴 이유가 읎아. 가는 내 장미니까."

그래고는 언나 왕자거 영ㅇ깽이한태루 다시 갔아.

"잘 있아." 언나 왕자거 말했아.

"조심히 가," 그래곤 영ㅇ깽이거 이래. "내 비밀은 이기야. 머이 간단해. 마음으루 바야 진짜가 베케.

진짜 중한 그는 절대루 내 두 눈으루는 볼 수 읎아."

"진짜 중한건 내 두 눈으루는 볼 수 읎다."

언나 왕자는 잊아삐리지 않을라고 그 말은 따라했아.

"가르 그리 소중한 아로 만든그는 다 니가 가한태 정성들인 시간이 있었기 때문인 기야."

"내거 가한태 들인 시간 때문이구나..." 언나 왕자는 까져먹지 않을라구 다시 말했아.

그래구는 지 혼저 풀밭 우에더 엎어지드니 가마이 울잖가.

"가만보민 사램덜이 이 사실으 자꾸 잊아삐리는 같트라고," 영ㅇ깽이가 말했아. "닌 절대루 까져먹지마! 니가 질들인그는 머든 간에 시상이 두 쪽이나도 끝까정 책음으 져이대. 닌 니 장미르 책음재야 한다고…"

"내 장미르 책음으재야 한다…" 언나 왕자는 잊지 않을라구 다시 반복했아.

## 22장

"안녕하서요?" 언나 왕자거 인사했아.

"옹야." 역무원이 말했아.

"여서 머 하시는 기래요?" 언나 왕자가 물었아.

"손님덜으 천 맹씩 농구고 있아." 역무원이 말했아. "손님덜실은 기채르 오른짝으루 보냈다거 왼짝으루두 보냈다거 하는 일으 하지."

말하는 찰라에 불르 버니 밝힌 급행열차 하나거 천둥같은 쏘릴 내민 지나가는데 역무원실이 다 흔들흔들 해.

"뭐이 똥이 마이 급한 모앵이이네요." 언나 왕자거 말했아. "저 사램들은 다 멀 찾느라 저래요?"

"기관사두 그근 모르지." 역무원이 말했아.

개고나서 두 번째 급행열차거 또 천둥 같이 소릴 지르미 지나갔아.

"마커 하머 대돌아 오는 기래요?" 언나 왕자거 물었아.

"자덜은 아께 가덜이 아니야, 딴 아덜이잖나." 역무원이 말했아.

"가있든 데거 벨로였나보지요?"

"지 있는데서 만족하는 사램덜이 맽이나 대드나?" 역무원이 말했아.

그래고는 세 번째 급행열차가 또 천둥같이 소릴 내 지르매 지나갔아.

"저 사램덜은 먼젓 번 사램덜으 쫓아 가는 기래요? 언나 왕자거 물었아.

"머이, 자덜은 아무굿두 쫓아가질 안해. 거저 마커 저 들어앉아서 늘어지게 자고 하품이나 찍찍 하고 있지. 언나덜만 창에다 코가 짜부가가 대두룩 붙어서 보구 있잖나." 역무원이 말했아.

"저 언나덜은 즈들이 멀 찾는지르 아니 그룽지요 머. 자덜은요 천쪼가리 인형이랑두 시간으 보낼 주 알고, 그래고 나민 그기 또 엄층나게 소중해지잖아요. 만일에 누가 쫌 뺏어간다 하문 머이 울고 전 난리잖아요..." 언나 왕자가 말했아.

"자덜이 좋을 때 지." 역무원이 말했아.

## 23장

"계서요?" 언나 왕자거 말했아.
"야." 장사치거 대답했아.

이 양번은 갈증을 읊애는데 특효인 알약으르 팔고 있었아. 한 앨으 꿀떡 생키믄 일주일 동안은 멀 안 마새도 끄떡 읎아.
　　"근데, 왜서 이른 그르 팔아요?" 언나 왕자거 물었아.
　　"시간으 애낄 수 있잖나. 먼 전문가거 연구르 딱 해보니 일주일에 오십삼 분으 애낀다잖나." 장사치거 말했아.
　　"그 오십삼 분 애깨서 머 할 라고요?"
　　"머이, 지덜 하구 수운거 하는기지 머..."
　　'만일 내인태 고 오십삼 분으 맘대루 씨라하문 난 웅굴을 찾으러 실실 다녜야겠다.' 하고 언나 왕자는 쏙으로 생캤대.

## 24장

　　내 비항기거 퍼져서 여개 사막에 있은지 여드레 대든 날에, 마지막 물 한 방울이르 마주 털어넣고 마실 물이 똑 떨어졌는데 내거 이 장사치 얘기르 들었잖나.
　　"야야라!" 내 언나 왕자한테 말했아. "니 얘기는 참 재미있다만, 내 여적지 비항기두 못 살구고, 물도 똑 떨어졌지, 나도 어대 웅굴물이나 뜨러 갔음 좋캤다!"
　　"우리 칭구 영ㅇ깽이가 있잖아요..." 언나 왕자거 이래 말하니
　　"야 좀 봐라, 이 상황에 먼늠애 영ㅇ깽이 같은 소릴 하고 있나!"
　　"아이, 왜서요?"
　　"목이 말라 싹 죽겠으니 그래지..."
　　야는 내거 먼 소릴 하는 줄도 모리고는 한다는 말이
　　"곧 죽게 댔다 해도 칭구가 있다믄 좋은 거지요 머. 난요 우리 칭구 영ㅇ깽이가 있어서 움메나 조흔지 몰러요..."

야는 지금 똥인지 댄장이지도 모르는구만, 나는 혼저 이래 지거렸아. 가는 배를 굻는기고 물 멕키는 기고르 안주 모리고, 거저 따수운 햇빛만 잘 들문 고만인 같트라고...
　근데 야거 나를 베니 보다 말구 내거 생카구 있는 그에 대답으 하는 기야.
　"지도 물은 맥케요...어대 웅굴이나 있나 나세 봐요."
　내 쫌 빼뚜룸 하게 티르 좀 냈아. 여 사막 한 복판서 되구말구 돌아댕긴다구 물 올라 오는 데르 우터 찾나! 말이 쉽지. 아무튼 일단 나세 봤아.
　둘 다 입으 꾹 닫고는 한 맽시간으 걸어댕기다 보니 사방이 컴컴해 지드니 벨이 반짝반짝 하드라고.
　내 그 벨덜으 이래 보는데 꿈인지 생신지도 모리겠는 기 아마도 목도 바짝 마르고, 열두 좀 나서 그랬는지. 언나 왕자거 내 인태 했던 말덜이 내 머리 쏙서 막 춤으 촤.
　"그르니까 니도 목은 마르재, 그재?" 내거 가한태 물었아.
　근데 야가 내거 물어두 대답이 읎싸. 걍 이래 웅얼거래.
　"물은 맘에두 좋지요. 머..."
　야가 당췌 먼 소리 하는지 알아 먹지르 모 했는데 걍 암 말도 안 하고 있었아. 멀 또 새로 물어보기두 좀 그릏더라고.
　야가 마이 힘들었는지 모래 우에 폭 주저 앉아. 내 가 옆에 요래 앉았아. 한참으 말이 읎더거 가거 말 하는 기.
　"벨덜이 저래 이쁘다한 그는 꽃이 우덜 눈에 안 베키기 때밀에 그래요..."
　"거럼 거럼." 내거 이래 대답으 하고는 달빛 알루 물결치는 사막으 말 읎이 바라봤아.
　"사막도 참 이쁘다니요." 가거 말했아.

그래고 진짜 그래. 난 항시 사막으 좋아했아. 사막 언덕 우에 요래구 앉아 있어봐, 암 긋두 안 베키고, 암 긋두 안 듣게. 근데 그 조용한 속에서 머인가 반짝거린다니...

"사막으 이래 아름답게 맨드는 근요 여개서 물이 솟아 나는 데르 숨키고 있기 때문이라니요..."

그 소릴 듣구나니 모래거 저래 신비롭게 빤짝이는 기 왜서 그런지 내 퍼뜩 이해거 대서 기절으했잖아. 내 언나쓸 찍애 오래댄 집에 사는데 집안 웨딘가에 보물이 숨케져 있다는 얘기거 있었아. 당연지사 여즉 누거 찾았다는 말은 들어 본 적도 읎꼬 누거 찾을 거라구 생각두 안 했아.

개도 그 얘기르 듣고 나니 이 집이 먼가 신비한 기운이 있는 같고, 우리 집 짚은데 비밀이 숨케진 같은 기 머이 그랬아.

"그룹치." 나는 언나 왕자한태 대답했아.

"집이던 벨이던 사막이던 간에 아름답게 맨들어 주는건 마커 눈에 안 봬!"

"아저씨거 우리 영ㅇ깽이 말이 맞다 해 주니 기분이 엄청 좋다야!" 언나 왕자가 말했아.

그래더니 언나 왕자거 잠이 쓱 들아. 개서 내거 가르 이래 끈안고 다시 나셌아. 햐 막 가심이 벅차드라고.

손으 살짝 갖다 대믄 폭 쏟아질 거 같튼 보물으 들고 가는 같은 기. 시상천지에 이보덤 연약한 근 읎쓸 거 같튼 기야. 달빛 아래 파름한 이마빡이랑, 꼭 감은 눈이랑 바람에 살랑거리는 꼽실머리르 보믄서 혼처 말했아. 지금 보는그는 몽땅 껍떼기야. 진짜루 중한그는 눈에 베키지 안해...

야가 입으 헤 벌리고는 시쭉 웃는 그르 보고 난 또 이래 생각했아. '요래 자고 있는 언나 왕자거 나르 이래 가심 벅차게 하는데는 한 송ㅇ이 꽃으 대하는 충실함 때문일 끼야.

야가 웃으미 밧줄으 짭아 댕기미 도르래르 움직거래 봤아.

이래 자는 순간에도 야 가심에는 등잔불 안에 하늘거리는 불꽃맹키로 그 장미꽃 모십이 훤히 빛나고 있을 끼야. 그재? 그르니 야가 더 빠스라질 거 같이 생각이 들잖나. 등잔불은 잘 지케이대. 콧바람에라두 훌렁 꺼초삐림 안돼잖아...'

그래 내 걷더거 날이 밝아 올 찍애 웅굴으 발견했아.

## 25장

"사램덜이 그래 서두르미 급행열차르 타드만 인재는 지덜이 머이르 찾는 줄도 물라요. 개서는 머이 메루운 강아지 마냥 안절부절 해설라문에 뺑글뺑글 돌고 있아요..." 언나 왕자는 이래 말하고는,

또 이래.

"그럴 껀덕찌도 읎는데..."

우덜이 찾은 웅굴은 사하라 사막에서 쎄빠진 웅굴이랑은 딴 판이었아. 사하라 사막 웅굴이라 하문, 모래르 파딍게 구녕으 만들어 놓은 기야. 근데 이그는 마실에 있는 웅굴이랑 한 가지로 생겠드라고. 근데 머이, 가차운데 마실이라고는 아무리 봐도 안 베키는 기 야, 이기 머이 꿈으 꾸고 있나 했다니.

"야, 시얀하다야!" 언나 왕자가 말했아. "머이 여개 있을 끈 다 있네! 도르래랑 되르박이랑 밧줄까정..."

야가 웃으미 밧줄으 짭아 댕기미 도르래르 움직거래 봤아. 개니 바람이 오래두루 자다가 다시 불어대서 팔랑개비가 제우 돌아가는 그처럼 이 도르래가 되지게 끽끽거래.

"이 소리 들래요?" 언나 왕자가 말했아." 우덜이 웅굴으 깨우니 야가 우덜한태 이래 노래르 하잖아요..."

야가 머이 힘든근 내거 또 못 보잖나.

"인내봐. 내거 할 꺼니. 이기 무구와." 가한테 말했아.

내 시나미 되르박으 꼬래올래서 휘떡 넘어가지 않게 웅굴 가생이에 조심히 올래놨아. 귓전에는 상그도 도르래가 불러지기던 노래가 울레, 개고는 찰랑거리는 물 우에 햇빛이 빤짝빤짝해.

"그 물으 좀 마셨음 하는데." 언나 왕자거 말했아.

가가 머이르 찾고 있었는지 아겠드라고!

박을 들어 올래서 가 입술에 갖다 대줬아. 야가 물으 마세는데 눈으 이래 깜고 마시데. 그래니 머이 잔채벌어진거 만큼 내거 다 좋드라고.

이 물이 머이나, 보통 물이나. 이 물은 별빛을 맞으메 걸어온 한걸음 한걸음에, 도르래거 불러준 노래에, 내 두 팔의 고상 끝에 난기 아니겠나.

선물 같은 기 맘이 좋았아.

내 언나였을 찍애 성탄절 낭그 우에 빤짝이던 빛이랑 늦은 밤 미사 음악이랑, 사람들 따따한 미소가 내 성탄절에 받은 선물으 더 빛나게 해준거랑 한가지였지 머.

"아저씨네 사램덜은 마당서 장미꽃으 한 오천 송ㅇ이나 싱고 키우자네요," 언나 왕자거 말했아. "즈덜이 찾은 그르지대루 찾지도 모하민서…"

"그래기말이야…절대루 못 찾지 머," 내가 대답했아.

"개도 그 양반들이 찾을라고 들문 장미 꽃 한 송ㅇ이나 물 한 방구리에서도 찾을 수는 있을긴데…"

"거럼." 난 대답했아.

그래드니 언나 왕자가 이래.

"근데 그 양번들은 마커 눈뜬 소경이래요. 이 마음으로 찾아 봐이대요."

난 물으 한모금 했아. 이제사 쫌 숨 쉬지대. 날이 떡 밝으니 모래 빛이 꿀새까리야. 꿀새까리에 내 기분이 싹 좋아 지드라고. 햐, 근데 머이 우째라고 마음이 이래 때굽나.

"약속으 꼭 지케이대요." 다시 내 옆에 슬쩍 와 앉으민서 언나 왕자거 즘잖게 말해.

"먼 약속으르?"

"있잖아요... 거 양헌태 줄 입막애... 내거 그 꽃으 책음으 재야하는데!"

내거 호주머이에서 젝기짱을 꺼냈아. 언나 왕자거 이그르 씩 보드만 파대웃음을 하더니 이래.

"머이, 바오밥낭그거 아이라 깜낭으 그랬네..."

"야가 먼 소리 하나!"

이 바오밥낭그르 내거 움메나 자신있어 했는데!

"아저씨요... 영ㅇ깽이 귀때기 쫌 봐요...생긴 기 꼭 뿔난 가같지 안해요... 그리구 너무 지다한 기!"

그래구는 또 막 웃아.

"야, 니 머 이기 쉬운 줄 아나! 내 보아 구랭이 쏙 디더 베키는 거랑 안 디더베키는 거뿌니 더 그래봤나."

"아라싸요, 갠차나요," 가거 그래,

"언나덜은 다 알아먹어요."

그래고는 입막애르 하나 그래 줬아. 그그르 가한태 근내 주는데 맘이 쫌 무겁드라고.

"니 내인대 머 숭키고 있는 거 있재..."

내말에 답은 안 하고 야가 이래.

"있잖아요, 내일이믄 내거 요 지구에 떨어진지 일 년대는 날이래요..."

그래고는 잠시 말이 읎떠니 또 이래.

"내거 떨어졌든 데거 요 근처래요…"

그래고는 가가 얼굴이 발그래 해져.

햐, 왜서 그런지는 모리겠는데, 마음이 또 시얀하게 막 떼구와. 그래도 이그 하나는 물어보고 숲드라고.

"그르믄 니 나랑 새벽에 만났을 찍애, 그기 머이, 기양 만나게 댄기 아니재? 여드레 전에 왜 이짝으로 걸어왔잖나. 이래 혼처서. 사램덜 사는 데서 수천 키로는 떨어진데서 말이야! 니 그날 니 떨어졌던 데루 가는 질이었나?"

언나 왕자거 또 얼굴이 벌개져.

나는 말 할까말까 하더거 말했아.

"니 일 년 되던 날이라서 그런거나?"

언나 왕자는 또 뻘개졌아. 야는 멀 물어도 싹 답이라고는 읎아. 근데 낯짝이 벌개지믄 머이 그기 맞단 소리지 머. 안그르나?

"야야라…" 내거 가 한테 그랬아. "나 무숩다 야…"

그르드니 야가 내인데 대답하는 기.

"아저씨는 대루 일 하러 가요. 아저씨 비항기인대루 가야 대잖아요. 내 여서 지둘릴게요. 내일 지냑에 다시 와요."

햐, 근데 맘이 한나또 안 놓이드라고. 그 영ㅇ깽이가거 딱 생각나드라고. 어대 질들라믄 울 각오 정도는 해야 허는가봐…

## 26장

되르박 웅굴 젙에 다 씨러져가는 담빼락이 하나 있었아. 기튼 날 지냑에 일으 끝내고 돌아오는 질에 멀찌가니 보니 아, 언나 왕자가 고 우에 다리르 달롱거리믄서 앉아 있드라고. 그래고는 가거 머라머라 지그리는 게 이래 다 듣게.

"니 까먹었나?" 가거 이래. "여가 진짜루 아니라니!"
분맹이 따른 목소리가 대답으 했아. 왜냐믄 가거 또 대답으 하드라고.
"그래, 그래, 오늘이 맞는데, 여는 진짜 아니라고…"
내 고 담빼락 가까이까정 쓱 걸어갔아. 그때까지도 머이, 암 긋도 안 베키고 암 쏘리도 안 듣끼드라고. 근데 언나 왕자거 머이라고 또 대꾸르 하는기야.
"아, 당연하지. 모래 우에 내 발자욱 따라가보믄 어대서 시작한 지 알 수 있잖나. 거 가서 나르 지둘리고 있아. 내 온지낙에 글루 갈거니." 내 고 담째락에 한 이십 메다 정도 떨어져 있었는데 아이 누구랑 지거는지 안 베키드라고.
언나 왕자는 잠깐 말이 읇드니 다시 머이라 머이라해.
"니 독이 상급이재? 오래 안 아푸고 한방인 거 확실하재?"
내거 그 소릴 듣구 깜쩍 얼었아. 심장 뚝 떨어지는 같튼 기. 저 언나거 상그 먼 소릴 하는지 도통까라 이해할 수 가 읇겠드라고.
"니 인재 절루 난재, 내 여서 좀 내래가게!" 언나 왕자거 말했아. 그래고는 가가 내래오는 담빼락 밑으 봤더거 내 싹 기절정풍으 했아! 언나 왕자 옆에 뉘런 뱀이거 빳빳이 셨는데 야거 또 한 방 물렸다하문 삼십 초 안에 깨꼬닥하는 뱀이야. 권총으르 빼들라고 호주머이르 뒤지민서 내딱 뛔가니, 그 소리에 이 뱀이란 늠이 모래 쏙으로 쏙 께들어가 도망으쳐 삐랬아. 물이 쓱 빠지는 그 맹키루 쇳소리르 샥 하고 내미 돌맹이 틈세이루 사라지대. 나는 마춤맞게 담빼락에 가서 언나 왕자르 받아 안았는데, 아 얼굴이 대굴령 눈처럼 쌔 허얘.
"야야라, 이게 이게 먼 일이나! 니 저 뱀이랑 얘기했나?"
나는 야거 노상 목에 둘루구 댕기는 뇌란 목도리르 풀러줬아. 그래고는 야 낯으 좀 쎄주고느 물두 쫌 멕앴아. 이래고나니

"니 인재 절루 난재, 내 여서 좀 내래가게!"

머이 감히 놀래서 아무굿두 물어보지도 모해. 야거 나르 이래구 보드니 지 팔루 내 목으 요래고 끌어다 안드라고. 총에 맞아 씨러져 마주 죽어가는 새같이 가 심장이 펄떡펄떡 뛰는 기 다 니께지드라고. 가가 내인테 이래.

"아저씨 비항기에 머이거 잘못댔는지 알아내서 난도 음청 조하요. 아저씨 집에 갈 수 있겠네요…"

"니 그그르 우터 알았나?"

내 비항기 드디어 살곳다고 맹금 야한테 말 할라 했는데!

역시나 내 물은근 대답도 안 하고 지 말만 하는 기

"난도 오늘에… 집에 가요…"

그래고는 슬프게 이래 말하는 기야.

"거는 여개서 훨씬 멀어놔서… 가는 기 음청 애루워요…"

햐, 이기 머이 상황이 심상찮애. 야르 햇아 같이 꼭 끈안꼬 있는 데두 내거 어떠 해 볼 수도 읎는 짚은 구뎅이이 쏙으로 빠져 안주 꺼내지도 모 할 것 만 같은 느낌이 팍 드는 기야…

야 표정이 먼가르 잃고 헤메고 댕기는 그 마냥 대우 심각해 보이드라고…

"난 아저씨가 준 양이 있잖아요. 그래고 양으 너 가주고 댕길 상재도 있고, 또 입막애도 있고…"

그래고 야거 슬피 웃아. 난 찬찬히 지둘랬아. 그랬더니 야 거 쪼금씩 따따해지는 같트라고. "야야, 니 무수웠재…"

말이라고 하겠나, 가도 무슙구 말구 했지! 근데 야거 또 지긋이 웃아.

"온 지낙에는 훨씬 무수울 끼래요…"

인재 진짜루 돌이킬 수 읎는 니낌이 쎄하게 오는 기 오싹하 드라고. 그래고 다시는 야 깔깔대는 소릴르 들을 수 읎다 생카 니 싹 미치겠드라고. 내인태는 이기 사막의 웅굴이었는데.

"야야, 내 니 다시 웃는 그 듣고 수운데... 아이."
그런데 야가 한다는 말이,
"온 지냑이 딱 일 년이래요. 내 여개 떨어졌었는데 여 똑바로 우에 내 벨이 뜰 꺼래요..."
"야야, 이기 몽땅 악몽일끼야 그재? 뱀이랑 한 얘기며, 만낸 거며, 벨이구 마커 다..."
내 말에는 대답으 안 하고는 또 이래싸.
"진짜 중한 거는요 눈에 안 베케요..."
"하머... 알구말구 하지..."
"꽃이랑 하나기래요. 만역에 아저씨거 우떤 벨에 있는 꽃이 좋아지문요, 밤하늘으 치다 보는 기 좋아질 거래요. 하늘에 떠 있는 벨덜이 싹다 갱포 벚꽃츠름 활짝 필 끼래요.
"하머..."
"물도 매 한가지래요. 아저씨거 내인대 좋든 물은 똑 음악 같았아요. 도르래랑 밧줄 덕분에... 생각나지요... 햐, 진짜 좋았아요."
"생각나다마다..."
"밤이 대문요, 벨으 함 올래다 봐요. 내 벨은 코딱찌만 해서 어대가 백했는지 잘 아지 못할 끼래요. 그래도 그기 낫지요 머... 아저씨한태 내 벨은 저 쌔고쌘 벨 중에 하날 테니까... 근데 또 벨올 올래다 보문 나쁠거도 읎지요 머... 자덜이 마커 아저씨 동무 해 줄 끼래요. 그래고 저 머이나... 아저씨 줄 선물이 있아요..." 그래드니 야가 깔깔 웃아.
"야야! 언나 왕자야 아이, 니 웃음소리 들으니 살 같타!"
"이기 내 선물이래요... 물같은 기지요 머..."
"야야, 니 이기 다 먼 소리나?"
"사램덜 마덤 벨으 가주구 있지만서도 다 똑같지 안해요. 여행자덜한테는 길잡이가 대 줄 기고. 딴 사램덜한탠 머이 벨 기 아닌 기양 하늘에 떠있는 빤짝이는 빛 일 수도 있고. 또 어떤 똑똑한 사람한탠 이기 문제가 댈 수도 있지요. 사업가인태는 금이 댈 수도 있는 기고. 개도 벨덜은 마커 말이 읎어요. 아저씨는요 딴 사람이 한 번도 안 갖은 벨으 갖을 끼래요…"

"당췌 먼 소리나? 아이! 알아먹게끔 말으 해봐…"

"날이 껌껌해 지믄 하늘으 올래다 봐요. 내거 저 우에 워딘가에 기양 살구 있으니깐… 저 중 어대서 내 환히 웃고 있을테니깐요… 그럼 벨들이 머커 웃는 거 같을 끼래요. 아저씨는 웃을 줄으 아는 벨으 갖게 댈 끼래요!"

그래고는 야가 또 씩 웃아.

"그럼 아저씨거 좀 편해질 끼래요. 날 만내서 좋았다 할 끼래요. 아저씨는 운제까지나 지 칭구고. 운제까지나 내랑 항시 같이 웃고 수울 끼래요. 그래다거 우떤 때 맑은 공기르 좀 쐴라고 창문으 펄떡 열미 하늘 보미 깔깔깔 웃어샀는 아저씨 보문, 칭구 아덜이 깜짝 놀랠 끼래요. 그래고 아저씨거 이래겠지요." "그래니! 니 벨덜이 나르 이리 항시 웃게 맨드는구나!" 그램 가덜이 자가 지 정신이 아이구나 생케겠지요. 내거 아저씨르 너무 놀궸나…"

그래드니 또 막 웃아.

"내거 아저씨한태 벨으 준 기 아니라 웃을 줄 아는 재잔한 물방굴이르 잔뜩 준 거 같은데…"

그래곤 야가 또 웃아. 근데 갑작시리 다시 심각해 지미 이래.

"온 지낙에요… 거… 여개 오지마요."

"난 니 곁에 딱 붙어 있을 끼야."

"내거 엄청시리 아픈거처럼 빌 턴데… 다 죽어가는 거처럼 보일턴데. 머 그런기나 진배읎지요 머. 못 볼 꼴 보러 올 필요는 읎어요…"

"니 곁에 있을란다."

야가 좀 불안불안해 하대.

"내가 이래 말하는 이유는요 실은 뱀이 때밀에 그래요. 가거 아저씨르 깨밀어 버림 우터하나...뱀이란 늠이 음청 슝악해요. 장난질 치다 우터 물 수 두 있구..."

"난 절대 여서 한 발자욱도 안 움직애."

근데 야가 머이 납득이 댔는지,

"하기사 가가 두 번 물 독은 읎겠지 머..."

그날 밤에 가거 떠나는 걸 보지도 모 했아.

쥐도 새도 모르게 사라졌드라고. 내거 가르 진곤이 쫓아가가주구 찾았는데, 먼 결심으로 했는지 정신없이 빨리 걷고 있드라구. 가거 이래.

"어이! 아저씨요..."

그래고는 내 손으 턱 잡아. 여즉 머이 애가 나 보예.

"아저씨요, 이램 안 댄다고. 아저씨가 힘들어진다니요. 내 꼴딱 죽는 그 같이 보예도 진짜 그런 근 아이래요…"

난 입도 짹도 안 했어.

"이해 해이 대요. 거개는 엄청시리 멀어놔서. 내 몸뚱아리 싸짊어지고 갈 수 가 읎어요. 너무 무구워서."

난 또 대꾸도 안 했어.

"이근 머이, 낡은 껍떼기나 매 한가지래요. 머 오래댄 껍떼기 때밀에 서글풀 필욘 읎잔내요…"

난 암 쏘리도 안 했어.

그랬드니 야가 쫌 의기소침 하드라고. 그래더거 또 발동으 걸아.

"갠찮을 끼래요. 난도 벨덜으 올래다 볼 꺼라니요. 온 천지 벨덜이 웅굴에 녹이 난 되르박 같은 기래요. 그 벨덜이 마커 서로 내인대 마실 걸 줄턴데…"

계속 암 말도 안 했어.

"음청 재밌을텐데요 멀! 아저씨는 방울이르 오억 개나 가주구 난 웅굴 오억 개르 갖을텐데…"
 그래더니 가가 웅굴 마냥 조용하대. 야야 울고 있드라고…
 "여면 됐어요. 인재부터는 혼처 갈게요."
 그래고는 무수웠는지 풀썩 쥐저 앉드라고.
 그래고는 이래.
 "내 꽃 있잖아요… 내거 가르 책음으 재야대요! 가가 너무 약해 빠져가주고! 안주 세상 물정으 몰라요. 시상에 맞서 지 한 몸 지킨다고 가주구 있는 거라고는 머이 생기다 만 까시 느이 거 다 라니요…"
 나도 더는 서 있을 힘이 읎아놔서 퍼질러 앉았아.
 가가 그래.
 "그래니… 다 됐아요. 여개래요."
 야가 좀 멈짓멈짓하드니 빨딱 이러세. 한 발짝 띠드라고. 햐 난 꼼짝도 모 하겠드라고.
 가 발목 근처서 누런 빛이 뻔쩍한 기 다야. 가거 잔깐 움직거리지도 안고 우뚝 셌드라고. 머이, 울음 소리도 읎아. 아가 비영비영하다 낭그 씨레지듯이 폭 꼬시러지드라고. 모래 우라 그런지 소리 하나 읎드라고.

## 27장

지금 그래고 보니 머이 육 년이나 지났네… 내 이 얘기르 이적지까정 한 번도 누구 하나한태 입도 뻥끗 안 했아. 내 칭구덜으 다시 만내니 죽은 줄 았았던 아거 살아 돌아왔다구 모듬 신나해. 내 맴이 씨랬지만 그양 이래 말했지 머.

아가 비영비영하다 낭그 씨레지듯이 폭 꼬시러지드라고.

"쫌 돼서 그렇지 머…"

이제는 좀 개안아지기는 했아. 안주 개안타고 할 수는 읎지만서두. 내거 가거 지 벨로 돌아갔구나 생캣아. 기튼 날 보니가 몸뚱아리가 읎드라고. 가거 그래 무굽지도 않았아… 그래고 지금은 저역 때서 벨 소리 듣는 기 조하. 머이 쫴깐한 방울이 오억 개가 울리는 그 같은 기…

어미야라! 클났다야! 내거 언나 왕자한태 그래준 입막애에 가죽 끈을 빼먹었잖나! 가거 양한태 이그르 못 씨웠을텐데야. 그래고는 혼저 생각켔아. "가 벨에 벨 일 읎겠지 머? 고 양이란 늠이 하머 그 꽃으 먹어 치운게 아니나 모르겠네…"

가끔씩 내거 혼잣말 해. "그럴 벤이 읎지! 언나 왕자거 우떤 안데. 가거 매일 지약 마둥 꽃한태 유리 덮개 씨워 줬을 턴데 머, 개고 지 양두 잘 돌보고…" 그래고나면 맘이 조하. 벨덜도 지긋이 웃아 주고.

또 우떨땐 내 혼처 이래. "야, 우떠하다 헷강산 팔면, 그래믄 끝장인데! 야거 분사머리 읎이 지냑에 유리 덮개 씨워 놓는 그르 홀딱 까먹거나, 야밤에 양이 소리 소문두 읎이 톡 튀나감 우터하재…" 그래믄 쫴깐한 방울덜이 마커 눈물 방울로 변한다니!…

이기 상당한 미스터리야. 언나 왕자르 사랑하는 양번덜이나 내나 워덴지도 모리는 데서, 한 번도 본 적도 읎는 양이 장미르 뜯어먹어 치왔는지, 말았는지루 시상이 달라 질 수도 있다는 기…

하늘을 올래 보우야. 그래고 생각케보는 기야. "그늠에 양이 꽃으 뜯어먹었을까 말았을까?" 그래믄 먼 차이가 있는지 알게 될 끼야… 데 이기 울메나 중한지 알아먹는 으런덜은 한 맹도 읎을 끼야!

이기 시상천지에 질로 아름답고 질로 맘 아픈 풍경인 같태. 앞애 있는 기랑 한가진데 내 다시 자서하게 베케 줄라고 새로 또 그랬아. 언나 왕자거 지구로 떨어졌다가 사라진데거 여개야.

 운제 아푸리카 사막으 여행하더거 여르 알아보문 이 풍경으르 찬찬히 똑띠기 봐이대. 그래고 혹시나 가더거 여개르 지나게 대문 내 이래 부탁으 좀 할 꺼니. 너무 빨리 휘떡 지나가지 말고, 저 벨 아래 쫌만 지달래 줄 수 있겐가! 먼 언나 하나거 와서는 쌕쌕 웃으미 머리칼이 뇌란 기 머이 물어도 대답도 싹 안 하문, 가거 누군지 알겠재. 내 부탁 좀 할 꺼니요. 여개서 내가 이래 혼저 애말구미 있게 하지 말고. 가거 돌아왔다고 내인대더거 기별르 쫌 꼭 넣어 주야...

## »Le Petit Prince« — Edition Tintenfaß

| # | Title | Language |
|---|---|---|
| 1 | Malkuno Zcuro | Aramaic |
| 2 | Zistwar Ti-Prens | Morisien (Mauritian Creole) |
| 3 | Mały princ | Hornjoserbsce (Obersorbisch) |
| 4 | Amiro Zcuro | Aramaic (Syrisch) |
| 5 | Der glee Prins | Pennsylfaanisch-Deitsch |
| 6 | Lisslprinsn | Övdalską |
| 7 | Y Tywysog Bach | Cymraeg (Welsh) |
| 8 | Njiclu amirārush | Armāneashti |
| 9 | Kočnay Shahzada | Pashto (Afghan) |
| 10 | Daz prinzelîn | Mittelhochdeutsch |
| 11 | The litel prynce | Middle English |
| 12 | Am Prionnsa Beag | Gàidhlig (Scottish Gaelic) |
| 13 | Li P'tit Prince | Wallon occidental (Charleroi) |
| 14 | Mali Kraljič | Na-našu (Molise Slavic) |
| 15 | De kleine prins | Drèents (Nedersaksisch) |
| 16 | Şazadeo Qıckek | Zazaki |
| 17 | Dher luzzilfuristo | Althochdeutsch |
| 18 | Die litje Prins | Seelterfräisk (Saterfriesisch) |
| 19 | Di latje prins | Mooringer Frasch (Nordfriesisch) |
| 20 | De letj prens | Fering (Föhrer Friesisch) |
| 21 | Chan Ajau | Maaya T'aan (Maya Yucateco) |
| 22 | El' Pétit Prince | Picard |
| 23 | Be þam lytlan æþelinge | Anglo-Saxon (Old English) |
| 24 | U principinu | Sicilianu |
| 25 | Ten Mały Princ | Dolnoserbski (Wendisch) |
| 26 | El Principiko | Ladino (Djudeo-Espanyol) |
| 27 | Ël Pëtit Prëce | Picard borain |
| 28 | An Pennsevik Byhan | Kernewek (Cornish) |
| 29 | Lou Princihoun | Prouvençau (Provençal) |
| 30 | Ri ch'uti' ajpop | Maya Kaqchikel |
| 31 | O Prinçipìn | Zeneize (Genovese, Ligure) |
| 32 | Di litj Prins | Sölring (Sylter Friesisch) |
| 33 | Al Principén | Pramzàn (Parmigiano) |
| 34 | Lo Prinçonet | Lemosin (Okzitanisch) |
| 35 | Al Pränzip Fangén | Bulgnaiṡ (Bolognesisch) |
| 36 | El Princip Piscinin | Milanese |
| 37 | El Principe Picinin | Veneto |
| 38 | Ke Keiki Ali'i Li'ili'i | 'Ōlelo Hawai'i |
| 39 | Li p'tit prince | Wallon oriental (Liège) |
| 40 | Li P'tit Prince | Wallon central (d'Namur) |
| 41 | Prispinhu | Lingua berdiánu (Cap-Vert) |
| 42 | Lu Principeddhu | Gaddhuresu (Gallurese) |
| 43 | Te kleene Prins | Hunsrik (Brasil) |
| 44 | El mouné Duc | Beurguignon (Bourguignon) |
| 45 | Rey Siñu | Kriyol di Sicor (Kasamansa) |
| 46 | Tunkalenmaane | Soninke |
| 47 | •—••/•—••••—•—•• | Morse (Français) |
| 48 | Lu Principinu | Salentino |
| 49 | El Principén | Pesarese (Bsarés) |
| 50 | De kläne Prinz | (Kur-)Pfälzisch |
| 51 | De kloine Prinz | Badisch (Südfränkisch) |
| 52 | Der kleine Prinz / Le Petit Prince | Deutsch / Français |
| 53 | De klääne Prins | Westpfälzisch-Saarländisch |
| 54 | Èl pètit Prince | Lorrain – Gaumais d'Vîrton |
| 55 | Der kleyner prints / Le Petit Prince | Yidish / Français |
| 56 | Lè Ptyou Prinso | Savoyard |
| 57 | Al Principìn | Mantovano |
| 58 | Ṱɛ́ɛ́lény Ṱɔ̀kkwóṛɔ̀ny | Koalib (Sudan) |
| 59 | Ru Prengeparielle | Molisano (Barese) |
| 60 | The Little Prince | English |
| 61 | Ol Principì | Bergamasco |
| 62 | De Miki Prins / Le Petit Prince | Uropi / Français |
| 63 | Książę Szaranek | Dialekt Wielkopolski |
| 64 | Da Small Pitot Prince | Hawai'i Pidgin |
| 65 | ⵡⴻⵎ ⴸⴻⵟⵟⴻⵎ ⴸⵊⵣⵉⵏⴱⴰⵎ | Aurebesh (English) |
| 66 | Morwakgosi Yo Monnye | Setswana |
| 67 | El Little Príncipe | Spanglish |
| 68 | Kaniyaan RaajakumaaraH | Sanskrit |
| 69 | Er Prinzipito | Andalú |
| 70 | Lo Pitit Prinço | Patois Vaudois |
| 71 | Li juenes princes | Ancien Français |
| 72 | De klaan Prìnz / Le Petit Prince | Stroßbùrjerisch / Français |
| 73 | Igikomangoma mu butayu | Kinyarwanda |
| 74 | The Wee Prince | Scots |
| 75 | 𓆎𓂧𓀀 / Le Petit Prince | Ancien égyptien / Français |
| 76 | Le Pice Prinz | Ladin (Val Badia) |
| 77 | Der klane Prinz | Wienerisch |
| 78 | Lo Pti Prins | Welche |
| 79 | Da klayna prints | Varsheva idish |
| 80 | Ndoomu Buur Si | Wolof |
| 81 | Маленький принц / Le Petit Prince | Pусский (Russe) / Français |
| 82 | De klä Prinz | Hunsrücker Platt |
| 83 | Qakkichchu Laaha | Kambaata |
| 84 | Le pëthiòt prince | Guénâ (Bresse louhannaise) |
| 85 | Deä klenge Prenz | Öcher Platt (Aachen) |
| 86 | Il Pissul Prìncipe | Furlan ocidentàl (Friaul) |
| 87 | Mozais priņcs | Latgalīšu volūda (Latgalian) |
| 88 | Ař Picin Prinsi | Patois Tendasque |
| 89 | De lüttje Prinz | Oostfreesk Platt |
| 90 | Ko e Ki'i Pilinisi' | Lea Faka-Tonga' (Tongan) |
| 91 | Den lille prins | Synnejysk (Südjütisch) |
| 92 | Pytitel Prēs | Kumaniē (Koumanien) |
| 93 | Der kleine Prinz | Deutsch (Fraktur) |
| 94 | El Principe Niño | Zamboangueño Chabacano |
| 95 | Kiči Bijčiek | Karaim |
| 96 | ᛗᚣ ᚠᛖᚹ ᛚᚪᛏᛏᛖᚱ ᚠᚱᛖᚾᛞᛋ | Anglo-Saxon Runes |
| 97 | Tiprins | Kreol Rodrige (Rodriguan Creole) |
| 98 | الأمير الصغير | Arabic (Iraqi Baghdadi dialect) |
| 99 | Dr gleene Brinz | Sächsisch |
| 100 | الأمير الصغير / The Little Prince | Arabic (Emirati dialect) / English |
| 101 | הנסיך הקטן / Le Petit Prince | Hébreu / Français |
| 102 | Dr kluane Prinz | Südtirolerisch |
| 103 | Lé P'tit Prince | Normand |
| 104 | D'r kléïne Prénns | Öupener (Eupener) Platt |
| 105 | Il Piccolo Principe | Italiano |
| 106 | The Leeter Tunku | Singlish |
| 107 | El Prinzipin | Ladin Anpezan |
| 108 | U Prengepene / Il Piccolo Principe | Frentano / Italiano |
| 109 | Da kloa Prinz | Bairisch |
| 110 | De klaane Prinz | Hessisch |

# »Le Petit Prince« — Edition Tintenfaß

| # | Title | Language |
|---|---|---|
| 111 | De Kleine Prinsj | Oilsjters (Aalsters) |
| 112 | De Klein Prinz / D'r Kläin Prìnz | N'alemannisch / U'elsässisch |
| 113 | De Pety Präingjss | Bolze (Bolz) |
| 114 | Dor klaane Prinz | Arzgebirgisch |
| 115 | Yn Prince Beg | Gaelg (Manx) |
| 116 | Der kleine Prinz | Deutsch (Gengenbach) |
| 117 | Le P'tit Princ' | Patouaïe d' Nâv' (Navois) |
| 118 | Le Pitit Prince | Patoa de Feurçac (Fursacois) |
| 119 | Prinxhëpi i vogël | Arbërisht |
| 120 | Dr chlei Prinz | Alemannisch |
| 121 | Litli Prinsen | Nynorn |
| 122 | Da kluani Prinz | Hianzisch |
| 123 | De klee Prinz | Vogelsbergerisch |
| 124 | Le P'tit Prince | Drabiaud (Drablésien) |
| 125 | 애린 왕자 | 갱상도 (Gyeongsang-do dialect) |
| 126 | De Klaane Prins | Gents |
| 127 | De Klaaine Prins | Brussels Vloms (Bruxellois) |
| 128 | Dai klair prins | Pomerisch / Pomerano (Brasil) |
| 129 | Bulu' alà | Bribri (Costa Rica) |
| 130 | Le P'tit Prince | Patoué de Crôzint (Crozantais) |
| 131 | De lütke Prins | Mönsterländsk Platt |
| 132 | Dr Chlii Prinz | Urnerdeutsch (Höchstalemannisch) |
| 133 | Elli Amirellu | Mozarabic (Andalutzí) |
| 134 | Ogimaans | Ojibwe |
| 135 | Пичи принц | Удмурт кыл (Udmurt) |
| 136 | Ёзден Жашчыкъ | Къарачай-Малкъар (Balkar) |
| 137 | Lë P'ti Prinss' | Patouè dë Gjuson (Éguzonnais) |
| 138 | Le P'tit Prince | Patouès de G'nouïa (Genouillacois) |
| 139 | De lütte Prinz | Mäkelbörgsch Platt |
| 140 | Вишка инязорнэ | Эрзянь кель (Erzya) |
| 141 | L Picio Principe | Istrioto valeʃ |
| 142 | Le P'tit Prince | Patouaî d'La Châtre |
| 143 | Ичӧтик принц | Комиӧн (Komi) |
| 144 | Le P'ti Prince | Patouè d'Âlou (Allousien) |
| 145 | Dr kleine Prinz | Schwäbisch |
| 146 | ЭДИР ХААН ТАЙЖА | Буряад хэлэн (Buryat) |
| 147 | Der kleine Prinz | Deutsch |
| 148 | Der kleine Prinz op Kölsch | Kölsch |
| 149 | Le P'ti Prinsse | Patoi d'No (Nothois) |
| 150 | ИЗИ ПРИНЦ | Олыкмарла (Olyk-Mari) |
| 151 | Le P'tit Prince | Archignatouès (Archignacois) |
| 152 | Di Likl Prins | Limon Kryol (Costa Rica) |
| 153 | Te Mali Prïncip | Po näs (Resian) |
| 154 | 에리 왕자 | 전라도 (Jeolla-do dialect) |
| 155 | Ko Le Gā Tama Sau | Fakafutuna (Futunien) |
| 156 | Le P'tit Prince | Patouè daus bounoumes d'Sint-Pièrre |
| 157 | Der klaani Prinz | Ungordäitsch |
| 158 | Le P'tit Prince | Patoi d'vé Châtel (Châtelois) |
| 159 | Sa Λeιtιλa Fɾanga | Gutþiudos Tuggo (Gothic) |
| 160 | Le P'tit Prince | Patouais d'La Cèle (Cellois) |
| 161 | Мӑнь хӑнкве | Мӑньщи лӑтӈыл (Mansi) |
| 162 | Ёмла оцязорня | Мокшень (Moksha) |
| 163 | Le P'ti Prince | Patoué d'Sin-Fron é Valence |
| 164 | De lütte Prinz | Hamborger Platt |
| 165 | Ponnociwkorkur | Ainu |
| 166 | Le Petit Prince | Zentangle (Français) |
| 167 | Der kleene Prinz | Berlinisch |
| 168 | Маленький Принц / Der kleine Prinz | Українська (Ukrainisch) / Deutsch |
| 169 | Маленький Принц / Le Petit Prince | Українська (Ukrainien) / Français |
| 170 | Le P'chot Prince | Patouê dè Nouz'rines (Nouzerinois) |
| 171 | Le P'ti Prince | Térros (Morterolais) |
| 172 | Der klaa Prinz | Fränkisch |
| 173 | Le P'tsë Prince | Patuai d'Tour (Toullois) |
| 174 | Da Peerie Prince | Shaetlan (Shetlandic) |
| 175 | Likhosana | siPhuthi |
| 176 | Le P'ti Prince | Patoué d'Sinte-Coulombe |
| 177 | De glenne Prinz | Mittelhessisch |
| 178 | El Principito / Le Petit Prince | Español / Français |
| 179 | Маленький Принц / Il Piccolo Principe | Українська (Ucraino) / Italiano |
| 180 | Пичи принц | Бещерман кӧл (Beserman) |
| 181 | Le P'tit Prince | Patouaî d'Sint-Piantére |
| 182 | الأمير الصغير / Le Petit Prince | Arabe classique / Français |
| 183 | Le P'tit Prince | Patouaîs d'Lôrdoué (Lourdoueisie |
| 184 | Lillhprins'n | Jamska |
| 185 | Dr klei Prinz | Kleinwalsertaler Dialekt |
| 186 | Le P'ti Prince | Patouè d'Plleuviye (Pleuvillois) |
| 187 | Lo Petéc Prèinse | Patouè de Tsèrmegnôn (Chermignon |
| 188 | Le Petit Prince | Polyglotte |
| 189 | Luk prinske | Grunneger Toal |
| 190 | Le Petit Prince | Polyglotte en francophonies |
| 191 | Väiku prints | Võro |
| 192 | Het klaane prinsie | Amsterdams dialect (op se Mokum |
| 193 | Le P'ti Prince | Patouaî d'Bastchein (Sébastieno |
| 194 | Y Tywysog Bach / Le Petit Prince | Cymraeg (Welsh) / Français |
| 195 | Penikaine princ | Vepsän kel' |
| 196 | Eul Pequioz Houerrê | Torengiau (Tourangeau) |
| 197 | Ageldun Amezzyan | Kabyle (taqbaylit, berbère, tamazig |
| 198 | Lou Pitióu Princi | Cucarol (Cuquois, Tarnais) |
| 199 | L'P'tit Prince | Patouâs d'Biaune (Beaunois) |
| 200 | Der kleine Prinz | In deutschen Mundarten |
| 201 | Te Ki'i Tamahau | Faka'uvea (Wallisien) |
| 202 | Le P'tit Prince | Patouè d' Sint-L'gi (Saint-Léginar |
| 203 | الأميز الضغيز | Arabe dialectal algérien |
| 204 | Wawa Príncipe | Afroyungueño |
| 205 | 小王子 / Le Petit Prince | 中文 (Chinois) / Français |
| 206 | Le Ch'ti Prince | Patoi d'Parcena (Parler de Barber |
| 207 | 星の王子さま / Le Petit Prince | 日本語 (Japonais) / Français |
| 208 | Lë Pitit Prince | Patoi de l'Eiter (Lesterrois) |
| 209 | 언나 왕자 | 강원도 (Gangwon-do dialect) |
| 210 | Le Petit Price | En langues de France |

WWW.EDITIONTINTENFASS.DE